LA MAISON AUX CHIENS

Caroline Hussar

LA MAISON AUX CHIENS

Roman

Préface de Lorraine Fouchet

TERRES DE FRANCE

Les Presses de la Cité

92, avenue de France – 75013 Paris
ISBN 978-2-258-20692-2
Dépôt légal : septembre 2023

À la mémoire de Claudette Pironin

Tel est le plan sommaire de cette demeure où s'écoulèrent les jours les plus tourmentés et les plus chers de ma vie – demeure d'où partirent et revinrent se briser, comme des vagues sur un rocher désert, nos aventures.

ALAIN-FOURNIER,
Le Grand Meaulnes

Préface de Lorraine Fouchet

Dans préface, il y a « face à ». Présidente pour l'année 2023 du jury du beau prix Jean Anglade, je me suis trouvée « face à » cette histoire romanesque, tendre, touchante, concrète dans sa réalité sociale, puissante, contée d'une plume fougueuse et fluide, poétique par l'imagination des narrateurs enfants, pleine de rage et d'amour.

Une des héroïnes s'appelle Atalante, un prénom rare. Ce roman aussi est rare, intelligent et énergique. Sonore et musical, par l'aboiement des chiens de la famille d'accueil que vous allez découvrir. Odorant, vous verrez pourquoi. Prenant, vibrant, incandescent parfois. Bouleversant par ses leçons de vie boiteuses, fouillis, incohérentes, magnifiques.

Parfois, lorsqu'on repose un livre, une phrase particulière se fiche dans notre cœur et y vibre doucement. Je partage avec vous celle-ci, qui m'a chamboulée : *Ils faisaient durer le plaisir, cherchaient dans leurs mémoires les histoires qui déjà s'effaçaient, et dont ils ne conservaient que la douceur.*

Il y a cela dans la grâce de certains livres, ils s'impriment en vous, on est téléporté dans leur univers. Mon chien a droit au canapé, je préfère les animaux vivants et libres plutôt qu'étalés sur un tableau de chasse, et je suis fille unique. Pourtant, le temps de cette lecture, j'ai fait partie de la meute d'enfants et de chiens dans laquelle vous êtes invités, j'ai couru avec eux, et je m'y suis sentie chez moi.

Dans cette meute de papier, chacun a sa place, même le chiot le plus fragile. Dans ce texte, chaque mot a aussi sa place.

Vous allez froncer les sourcils, retenir votre respiration, écarquiller les yeux.

Vous serez tour à tour inquiets, émus, amusés, troublés, vous réagirez à l'instinct.

Vous aurez parfois le sourire aux lèvres et parfois le cœur chiffonné et les yeux embués.

Lorsque vous le refermerez, vous en conserverez longtemps la douceur.

Je crois sincèrement que Jean Anglade l'aurait aimé.

J'ajoute quelques gouttes de Viandox.

La rue était plate, à l'image de la plaine qui se déployait alentour. Un peu en retrait du bourg se tenaient les dernières habitations avant le Bois Randenais, des hectares de rien jusqu'à la ville la plus proche. Une berline sombre vint se garer devant le portail de l'entrée principale, déclenchant des aboiements déchaînés à l'arrière de la maison. C'était une bâtisse des années trente, vétuste, assez étroite, tout en hauteur. Le crépi beigeasse de sa façade s'effritait. Le toit d'ardoise qui la surplombait était délavé et comme cabossé. Aux angles des fenêtres, les volets, sans doute rouges à l'origine, avaient désormais une teinte passée, tirant sur le brun. La petite fille pâle sortit de la voiture et remonta l'allée de dalles cassées en fronçant le nez. Il flottait dans l'air une odeur âcre, mélange de poils de chiens et de désinfectant. Son père frappa à la porte. À l'intérieur, Francis grogna, à la fois pour prévenir qu'il fallait aller ouvrir et indiquer qu'il ne s'en chargerait pas. Aucun des enfants ne fit mine de bouger. Il relevait d'une convention tacite que Geneviève gérait les relations avec l'extérieur. Bien droit sur le seuil, le couple de petits-bourgeois se figea légèrement en la voyant. Ses cheveux formaient un halo sec et volumineux d'une couleur indéfinissable, entre le rouge et le violet. Son nez, busqué, était si fin que, de face, il se contentait de tracer un long sillon sur son visage. On aurait dit que cette femme avait été brûlée, tant sa peau était tirée sur l'ossature de sa figure. Le simple fait de la regarder faisait mal. Après avoir salué les parents, elle se pencha vers la fillette pour lui faire répéter son prénom.

— Atalante ? Quelle drôle d'idée ! s'exclama-t-elle. Moi, c'est Geneviève.

Elle parlait fort, comme affectée d'un début de surdité. Autour de ses épaules, un châle noir au crochet s'ouvrait sur une cascade de colliers de perles multicolores et de pendentifs dorés. Dessous, elle portait un pantalon de treillis kaki et de lourdes chaussures de marche, que soulevaient à grand-peine ses jambes squelettiques.

Elle les invita à entrer d'un mouvement de ses doigts tordus, couverts de bagues de pacotille. Les enfants avaient déjà fui les lieux pour s'égailler dans les chambres desservies par le long couloir sombre, à l'arrière de la maison, la grande emportant le bébé qui vagissait d'indignation, les plus jeunes formant un troupeau indistinct dont il ressortait tout de même qu'ils étaient dans l'ensemble bruyants et mal fagotés.

Dès le seuil, la gamine eut le souffle coupé. L'odeur la prit à la gorge. Un mélange de crasse, de tabac froid et de relents de pot-au-feu. Et par-dessus ces effluves, ceux, plus forts et plus tenaces, de chien mouillé. Elle lutta contre la nausée qui l'assaillait. Ses hoquets attirèrent l'attention de son père, qui, d'un geste sec, lui enjoignit en silence de le suivre. Du coin de l'œil, elle nota que sa mère plongeait le nez dans son foulard pour y chercher le réconfort du parfum dont elle s'aspergeait copieusement chaque matin.

Geneviève leur fit faire le tour du propriétaire. Francis trônait devant la table de salle à manger qui occupait la majeure partie de la pièce, protégée par une toile cirée où se répétait de loin en loin la même scène de chasse au canard, plus ou moins effacée selon les endroits où s'étaient attablés les convives. Il cassait des noix d'une main épaisse, et s'interrompit à peine pour les saluer. Deux chiennes somnolaient à ses pieds. Une caniche gris sale, aux poils mal taillés agglomérés de manière écœurante dans les plis humides de ses babines, était à moitié couchée sur une bobtail qui haletait bruyamment. La famille les évita soigneusement, et se glissa entre la table et un grand vaisselier sombre, encombré de bibelots de porcelaine et de photos de nombreux enfants de tous âges, dont pas un ne ressemblait aux autres. Ils traversèrent le salon ou ce qui s'y apparentait. Il s'agissait en réalité d'un espace étroit attenant à la table de la salle à manger, où l'on avait entassé un grand canapé en velours marron et deux fauteuils assortis autour d'un volumineux poste de télévision. Ils durent contourner la table basse, au plateau en carreaux de faïence à motif floral, pour atteindre la porte-fenêtre qui s'ouvrait sur le jardin.

Une fois sur la terrasse, Atalante aspira goulûment l'air extérieur, pourtant chargé d'une forte odeur de désinfectant, plus prégnante de ce côté-ci de la maison. Enfin, elle distingua la source des aboiements qui saturaient l'air depuis leur arrivée. D'immenses cages en fer occupaient l'espace situé à l'arrière de la propriété. De part et d'autre du chemin mal entretenu sur lequel ils avançaient, des chiens se précipitèrent en vociférant dans un claquement métallique sur le grillage qui les retenait de justesse. Mais la voix de Geneviève, qui s'était mise à leur distribuer leur nourriture, était plus puissante.

— Assez ! Ah, mais vous allez me laisser passer ?

Elle repoussa sans ménagement deux braques et leur balança une gamelle remplie d'une substance douteuse.

— Qu'est-ce que vous leur donnez ? s'enquit la

mère depuis son poste d'observation, sur la partie goudronnée de l'allée.

Elle pointait du doigt les énormes seaux que Geneviève transportait avec une force surprenante chez une femme aussi frêle.

— Ah ça, c'est une recette personnelle. Je fais mijoter des abats que me donne le boucher dans un fond de soupe de pot-au-feu, et en fin de cuisson j'y mélange du pain rassis et des croquettes. En période de chasse, j'ajoute quelques gouttes de Viandox, pour stimuler leur appétit et les forcer à s'hydrater lorsqu'ils ont couru toute la journée. Le tout, c'est de bien penser à retirer les os qui peuvent rester accrochés à la viande. Une fois cuits, ils deviennent cassants, et c'est dangereux pour les chiens. Ils peuvent se coincer entre leurs crocs, les blesser et les empêcher de se nourrir. Si un os transperce la paroi de l'estomac, c'est la mort assurée. Ce sont des « pure race », tu comprends ? informa-t-elle la petite fille. Ils sont fragiles, il faut faire très attention à eux, les bichonner. Ah, mais enfin, doucement ! Tu vas t'enlever, oui ?

Geneviève repoussa d'un pied ferme la bête qui l'avait presque renversée en cherchant à atteindre sa gamelle.

— Ce sont des animaux magnifiques, dit le père, en flattant le flanc d'un beagle qui reniflait le sol à ses pieds tel un cochon truffier.

— Oui, n'est-ce pas ? Viens, approche ! lança Geneviève à Atalante. Ils sont pas méchants, hein ?

Mais son intonation interrogative n'était pas pour rassurer la fillette.

— J'ai peur des chiens.

Son murmure était inaudible.

— Qu'est-ce qu'elle dit ? brailla Geneviève à l'adresse du père.

— J'ai peur des chiens.

La petite était au bord des larmes. Sa voix se cognait contre sa gorge. L'un des braques s'avança vers elle. Geneviève insista :

— Caresse-le, vas-y ! Mais enfin n'aie pas peur, c'est pas la petite bête qui va manger la grosse !

C'étaient des chiens de chasse, des bêtes athlétiques, musculeuses. Du point de vue d'Atalante, ils lui auraient arraché la main d'un léger coup de crocs. Pourtant, sur un nouveau regard de son père, elle finit par glisser ses doigts dans le pelage malodorant.

— Ah, voilà ! Tu vois comme ils sont gentils, mes chiens ! triompha Geneviève.

De retour à l'intérieur, ils retrouvèrent Francis à la même place que lorsqu'ils étaient sortis. À ses côtés se tenait un garçon qui ne devait pas être beaucoup plus vieux qu'Atalante. La peau mate et les cheveux noirs, ce dernier n'était pas grand, mais déjà massif pour son âge. Une cicatrice, à la base de son arcade sourcilière, venait affaisser sa paupière gauche, créant un déséquilibre dans son regard. Pour la masquer, il inclinait légèrement la tête dans une torsion incongrue, le cou crispé, la mâchoire projetée en avant. Ses mains étaient larges, mais ses doigts étonnamment fins. Francis lui parlait à voix basse. L'enfant pliait et dépliait ses mains dans un mouvement saccadé, les yeux au sol, visiblement pressé de se soustraire à l'échange. Il profita de leur arrivée pour quitter la pièce.

Une fois qu'il fut parti, le père interrogea Geneviève :

— C'est le garçon qui vous a été confié ?

— Oui, enfin l'un d'entre eux. C'est Roman. Tu le verras à l'école, expliqua-t-elle à Atalante, et ça te fera de la compagnie, le soir. Vous allez bien vous amuser tous les deux.

— Merci d'avoir accepté au pied levé, enchaîna le père. La personne qui s'occupait d'Atalante jusqu'alors nous a informés de son déménagement au dernier moment. Nous n'avons pas eu le temps de nous retourner. C'est juste histoire de lui faire faire ses devoirs et qu'elle ne soit pas seule avant qu'on rentre du travail. Elle a dix ans, c'est encore trop tôt pour la laisser seule à la maison après l'école et le mercredi. Elle ne devrait pas vous donner de fil à retordre, elle est calme et elle sait se débrouiller sans trop d'aide. Mais il nous faut quelqu'un pour la surveiller.

— Oh, vous savez, un enfant de plus ou de moins, c'est pas ça qui va faire la différence ici ! Et puis elle devrait être dans la classe de Roman, alors en ramener un ou deux, le soir, ça changera pas grand-chose.

— Vous en gardez combien ?

— Pour l'instant, il y a Roman, que vous venez de rencontrer. Il va sur ses onze ans. Ça va faire deux mois qu'il vit chez nous. Nous avons aussi Sofian, qui a cinq ans, et qui est arrivé il y a bientôt un an. Lui, il va et vient ; des essais sont en cours pour qu'il retourne chez sa mère. Il a deux grands frères adolescents qui font pas mal de bêtises. Ils sont assez violents et ça le perturbe. Comme ils sont revenus de foyer il y a peu, les services sociaux nous ont confié le petit le temps que les deux grands trouvent une formation et que leur mère prouve qu'elle peut gérer la situation. En attendant, il reste ici, mais il devrait bientôt rentrer chez lui. C'est pour ça qu'ils nous ont confié Roman, même s'il est arrivé en avance et qu'on affiche complet. Parce qu'il y a aussi le bébé, Sandy, qui a dans les dix-huit mois maintenant. Elle, on l'a parce qu'il n'y avait pas de place en pouponnière. Sa mère ne s'en sortait pas, je crois qu'elle n'avait pas trop prévu d'avoir un enfant… Le père est en détention, et les grands-parents n'ont pas réussi à se mettre d'accord pour savoir qui allait garder la petite en attendant que la mère sorte de l'hôpital psychiatrique. Elle est là-bas juste le temps de se requinquer, elle a fait une dépression après la naissance du bébé, et ça dure un peu. Ils ont préféré placer la petite en famille d'accueil le temps que ça se tasse. Dès que la mère reviendra vivre chez ses parents, Sandy devrait pouvoir y retourner. Chez nous, c'est du temporaire, le plus souvent. Mais je préfère ne pas m'avancer. Quand ça capote, les enfants reviennent et tout est à refaire. Voilà pour nos pensionnaires du moment ! Ce qui fait qu'avec notre fille, plus la vôtre, ça fait cinq. Oui, nous avons une grande fille de quatorze ans, Angélique.

— Eh bien dites-moi, vous ne devez pas vous ennuyer avec tout ce petit monde !

Atalante savait qu'il en fallait beaucoup pour déstabiliser son père, mais sa réponse inappropriée et le ton sur lequel il la fit la prirent au dépourvu.

— Ah çà, pour sûr ! soupira Geneviève.

— Tu vois, Atalante, toi qui te plaignais de ne pas avoir de frères et sœurs, tu devrais être contente !

À l'arrière de la maison, un bébé se mit à vagir et un chien à pleurer. À moins que ce ne fût l'inverse.

I

PORTÉE

1

C'était un vieux van Volkswagen rouge et blanc, qui avait été vidé de l'ensemble de sa structure interne.

La maison de Geneviève et Francis était située dans un de ces villages sans attrait qui jalonnent la plaine de l'Allier. Sa caractéristique la plus notable était que seule la façade avant des habitations y était crépie. On arrivait en ligne droite dans le bourg en longeant un alignement de propriétés à l'allure soignée, puis on amorçait un virage, et alors on faisait face à des empilages de parpaings bariolés d'enduit. Les apparences étaient sauves – manière d'avertir, aussi, qu'il valait mieux ne pas s'attacher à regarder ce qui se passait derrière.

Hormis cela, la commune ressemblait à tous ces villages qui, dans les années quatre-vingt-dix, continuaient de vivoter, malgré les stigmates de l'exode rural de la décennie précédente. On pouvait encore y pousser la porte d'une épicerie, d'un bureau de poste ouvert quelques heures par semaine, d'une boucherie et d'un tabac-journaux et, s'il n'y avait plus ni boulangerie ni bibliothèque, un camion de pain y faisait une tournée quotidienne et le bibliobus le desservait une fois par quinzaine. Comme dans tous les patelins que l'on traverse lorsqu'on suit les routes de la campagne bourbonnaise, la grand-rue était jalonnée de bâtiments administratifs, organisés autour d'une place centrale d'où rayonnaient les routes secondaires menant aux différents hameaux qui en constituaient les métastases bourgeonnantes. Sur cette place se trouvait l'école publique que fréquentaient tous les enfants accueillis dans la maison. Assistante maternelle le reste de la journée, Geneviève y travaillait en tant que cantinière le midi. Le soir, elle revenait s'occuper du ramassage scolaire, ce qui lui permettait de rassembler ses pensionnaires et de les surveiller tout en finissant sa journée de travail. Le chauffeur du car avait organisé sa tournée de sorte qu'elle s'achève devant l'abribus le plus proche de la maison.

Depuis la rentrée, Atalante avait pris l'habitude d'attendre avec Sofian sous le préau, les doigts serrés sur les bretelles de son cartable rose, guettant le volumineux casque mauve des cheveux de Geneviève à travers la vitre en verre dépoli qui ornait la porte battante de la cantine. Elle courait alors la rejoindre en traînant le petit garçon par la main car elle savait que Geneviève ne ralentirait pas pour les attendre.

Après le porche qui constituait l'unique accès à l'école, ils retrouvaient les autres élèves déjà agglutinés devant l'arrêt de bus. Roman était parmi eux. Jamais il n'attendait Sofian et Atalante, veillant à ce qu'on ne le voie pas en compagnie de la femme-épouvantail chez laquelle il vivait. Cela lui évitait les ricanements qui accueillaient la fillette à son arrivée. Il s'étonnait qu'elle n'en fasse pas cas et persiste à respecter les consignes de cette femme, qui ne pouvait pas ignorer la honte qu'elle suscitait chez lui en se baladant dans cet accoutrement, avec ces cheveux. Atalante et Sofian allaient s'installer au fond du bus ; Roman finissait, à regret, par s'asseoir en face d'eux, jamais à leurs côtés. Geneviève les rejoignait une fois qu'elle avait fini de battre le rappel des jeunes passagers.

Une curiosité, ce car. C'était un vieux van Volkswagen rouge et blanc, qui avait été vidé de l'ensemble de sa structure interne. Dans son squelette, on avait fixé de longs bancs recouverts de cuir, deux sur chaque flanc et deux dos à dos, dans l'allée centrale. On y casait une vingtaine de personnes, ce qui était bien suffisant au regard des effectifs de cette école de campagne. L'école était petite, mais la commune, elle, était étendue. Le trajet durait environ une heure, durant laquelle Geneviève était chargée de faire descendre à chaque arrêt un ou deux enfants. Assis de part et d'autre des portes battantes, Roman, Sofian et Atalante les regardaient s'éloigner, jusqu'au dernier, puis faisaient à pied la fin du trajet entre le dernier abribus et la maison. Cela leur donnait une certaine importance, de fermer la marche. Les autres n'avaient pas besoin de savoir où ils se rendaient ensuite.

Au moment de passer la porte, Atalante avait toujours le réflexe inutile de retenir son souffle le plus longtemps possible, jusqu'à sentir ses poumons sur le point d'éclater. Elle devait ensuite hyperventiler pour retrouver une respiration normale, et aspirer tellement d'air vicié qu'elle était prise de haut-le-cœur. Pourtant, elle ne pouvait se résoudre à rentrer dans cette maison comme si de rien n'était. Chaque seconde durant laquelle elle parvenait à se soustraire à son odeur fétide constituait une petite victoire, bien qu'illusoire, car elle imprégnait le tissu de ses vêtements et se rappelait souvent à elle lorsqu'elle se mouvait au cours de la journée.

Ce soir-là, comme tous les autres soirs, Geneviève ne se formalisa pas devant ses hoquets. Déjà, elle s'affairait dans la cuisine, entamant la préparation du dîner pour les hommes et les bêtes. Angélique, l'aînée, était passée récupérer la petite Sandy à la crèche en sortant du collège, et lui donnait son bain. Livrée à elle-même, Atalante se glissa silencieusement dans la pièce principale. À son habitude, Roman ne fit pas attention à elle. À peine jeté son cartable dans l'entrée, il partit s'enfermer dans sa chambre à l'étage.

Soulagée de ne plus le voir, Atalante s'installa pour faire ses devoirs sur la table de la salle à manger, à bonne distance des deux chiennes de la famille, vautrées sur le tapis, sous la chaise de Francis. Le temps passait, mais elle ne leur pardonnait pas l'odeur qui imprégnait les lieux et dont elle les tenait pour responsables. Elle luttait déjà contre sa peur des chiens en restant dans la même pièce qu'elles ; il ne fallait pas lui en demander plus. En général, à cette heure-là, Francis était sorti nourrir les bêtes. La fillette entendit leurs hurlements se déchaîner, puis cesser brusquement. Elle imaginait leurs bruits de succion et les claquements voraces de leurs mâchoires, entrecoupés de gémissements de plaisir et de grondements d'avertissement à l'égard de leurs compagnons à mesure que les gamelles se vidaient en grinçant sur le sol bétonné. Ça la dégoûtait.

Réprimant un nouveau haut-le-cœur, elle s'assit de manière à pouvoir surveiller l'horloge fixée au mur face à elle : un dalmatien dont la queue en plastique blanc battait la mesure au rythme des minutes interminables qui la séparaient du moment où sa mère viendrait la rechercher. Elle ne pensait qu'au bain qu'elle prendrait en rentrant, à l'odeur propre du shampooing dans ses cheveux, du savon sur sa peau, qu'elle décaperait jusqu'à ce qu'elle devienne rouge et nette, lavée de la moindre trace de sa présence dans la maison.

2

C'était lui qui se chargeait de creuser
les fosses du cimetière communal.

La vie de la famille s'organisait autour des chiens de Francis. Il y avait les siens, et ceux qu'il hébergeait pour d'autres chasseurs qui n'avaient pas le temps de s'en occuper au quotidien, la place de construire leurs propres chenils ou dont le voisinage risquait de s'opposer à la présence d'une meute, avec les désagréments que cela entraîne. Outre l'odeur qui se répandait à la ronde, le bruit mettait les nerfs des enfants, surtout les plus grands, à vif. Les aboiements étaient fréquents, et puissants. Les chiens hurlaient quand un individu ou un véhicule venait à longer la clôture la plus proche de leurs cages, quand ils sentaient venir l'heure des repas, mais surtout dès qu'ils voyaient apparaître leur maître avec la promesse souvent tenue d'une pitance de qualité, qui leur était servie avant que les habitants de la maison puissent à leur tour passer à table. En retrait de la route et à plusieurs dizaines de mètres des plus proches habitations, la maison était suffisamment isolée pour que les nuisances ne troublent que ses occupants.

Les horaires de travail de Francis étaient souples, lui permettant généralement de rentrer nourrir ses bêtes. Il faisait partie de l'équipe d'employés municipaux responsable des travaux d'entretien au sein de la commune. Accompagné des deux mêmes collègues depuis qu'il avait été embauché par la mairie, à peine sorti de l'adolescence, quelque trente années auparavant, il effectuait le ramassage des ordures, à l'aube. Puis il prenait une pause en fin de matinée, revenait s'occuper des chiens, lavait le sol des chenils, soignait celui qui s'était planté une épine dans la patte et montrait les signes d'un début d'infection, ou la chienne atteinte de mammite et qui, harassée de fièvre et de douleur, risquait de refuser son lait à sa jeune portée. Il déjeunait tôt et faisait une courte sieste avant de retourner à la tâche qui lui était confiée par la mairie. Cela pouvait aller de l'élagage des arbres de la place du bourg à la taille des buissons longeant la voie ferrée, afin d'éviter les feux de broussailles au cœur de l'été, fruits d'une étincelle malencontreuse née du frottement de l'acier sur les rails. C'était également lui qui se chargeait de creuser les fosses du cimetière communal situé sur le chemin entre la maison et la mairie.

Roman avait la mission d'abreuver les chiens, matin et soir. Le mercredi matin, quand sa mère la déposait, Atalante l'observait avant de descendre de la voiture, dont elle peinait à s'extraire. Le temps qu'elle remonte l'allée jusqu'au perron, elle entendait le ronronnement du moteur de la pompe à eau qui se mettait en route, à proximité du lavoir communal sur lequel Francis avait bricolé un branchement qui permettait une économie d'eau non négligeable. Venait ensuite le raclement du tuyau d'arrosage sur les pierres du chemin, puis le grincement de la porte du premier enclos. La fillette marchait lentement, guettant le moment où Roman se mettrait à parler aux chiens, d'un ton affectueux qu'elle ne lui connaissait qu'avec eux, sous les couinements des bêtes tentant d'attirer son attention.

— Alors les p'tits potes, la nuit a été bonne ? Il commence à faire frais, vous tenez le coup ? Là, ma belle, doucement ! Moi aussi je suis content de te voir.

Le soir, il accomplissait le même rituel afin de remplir leurs écuelles d'eau pour la nuit.

Un mercredi du mois de novembre, Atalante constata que son humeur s'était dégradée. Depuis plus de deux mois qu'elle venait ici, Roman la traitait avec indifférence, mais il ne l'avait jamais malmenée. Là, il la bouscula volontairement en la croisant sur les marches du perron. Puis, une fois la porte d'entrée refermée, elle l'entendit claquer avec rage les portes des cages contre le grillage. Elle partit se cacher dans l'un des gros fauteuils du salon avec un livre. Geneviève elle-même semblait préoccupée, et l'avait à peine saluée. Assise à la table de la cuisine, de manière à avoir un œil sur la pièce de vie, elle enfournait machinalement des cuillerées de yaourt dans la bouche de Sandy, qui s'en était mis plein les doigts et l'étalait avec application jusque sur les montants de sa chaise haute, profitant du fait qu'on se désintéressait complètement d'elle.

Francis ne disait rien. C'était son jour de repos, et il se trouvait attablé à sa place habituelle, où il terminait son bol de Ricoré. Lorsqu'il entendit se refermer la dernière porte du chenil, il finit de ratisser méthodiquement les miettes de son petit déjeuner, posa avec précaution son bol à côté de la cuillère qu'il avait lavée d'un coup de langue, se leva au ralenti et se dirigea d'un pas lourd vers l'entrée. Atalante se recroquevilla. Quand Roman rentra dans la maison, Francis était planté au centre du couloir. Le garçon tenta de le contourner, le regard rivé au sol, mais se fit coincer contre le mur.

— Tu te crois où, gamin ? Tu veux que je te passe l'envie de t'énerver contre mes chiens ?

— Je leur ai rien fait, à tes chiens !

— Chien ! s'écria Sandy, toute fière.

— Je ne veux plus t'entendre claquer les portes comme tu viens de le faire, c'est compris ?

— Sinon quoi ?

Le bruit sourd du corps de Roman plaqué contre la porte vitrée coupa la respiration d'Atalante. Francis lui faisait face derrière la vitre, les mâchoires crispées, ses petites dents élimées serrées autour du bout de sa langue, son reflet déformé par les prismes du vitrail fumé. Elle le vit fermer le poing, se retenir de frapper. Sandy fondit en larmes et se boucha les oreilles de ses poings potelés. Un mélange de salive et de yaourt vint maculer le devant de son pyjama.

— Sinon quoi ? éructa Francis. N'oublie pas que tu n'es que de passage ici. Soit tu nous respectes, soit tu dégages !

Il relâcha sa prise et continua en baissant le ton :

— Je sais que tu dois être déçu que ta mère ne puisse pas venir te voir cette semaine, mais on n'y est pour rien.

— J'en ai rien à foutre de ma mère !

Francis soupira et recula d'un pas. La scène s'acheva aussi brusquement qu'elle avait commencé. Roman monta s'isoler dans sa chambre, comme à son habitude. Francis enfila la polaire informe qui lui servait de veste, remonta la fermeture Éclair d'un coup sec, jusque sous sa barbe mousseuse, jaunie aux entournures par le tabac, et partit acheter le pain et le journal. Il en profitait souvent pour s'arrêter chez un voisin ou un autre, partager un verre de Ricard en commentant les nouvelles du jour, et ne revenait qu'à l'heure du déjeuner. Geneviève, qui avait entrepris de nettoyer les saletés de Sandy dans la cuisine, s'y enferma avec le bébé et les deux chiennes, et s'affaira autour de la pâtée de midi et du repas des chiens. Atalante resta prostrée dans son fauteuil avec l'espoir que l'on ne se souviendrait pas de son existence avant plusieurs heures, ce qui arrivait fréquemment, car, ici, il fallait faire du bruit pour que l'on vous remarque.

En rentrant pour déjeuner, contrairement à son habitude, Francis fit un détour par les chenils afin de vérifier l'état des grilles sur lesquelles Roman s'était agacé plus tôt dans la matinée, et s'aperçut que deux chiens manquaient à l'appel. Il ne prit même pas le temps de sermonner le garçon, qui avait dû mal refermer l'une des cages. En contrepartie, ce dernier oublia de lui faire payer leur tête-à-tête matinal. Geneviève voletait telle une perruche d'un bout à l'autre de la cuisine, les volants de son châle du jour – parme, celui-là – tourbillonnant autour d'elle. À chaque instant elle risquait de percuter un coin de table ou l'angle d'un placard.

— Qu'est-ce qu'on fait ? Où ont-ils pu aller ? Comment tu veux faire ? On prend la voiture ? On se sépare ? On emmène les enfants ?

Francis le taiseux parvint, par on ne sait quel miracle, à la faire taire. Laissant les deux petits sous la surveillance blasée d'Angélique, il entassa les deux grands et sa femme dans la 4L blanche aux portières bleu azur. Ni Roman ni Atalante n'aimaient les trajets dans cette voiture. Le coffre avait été aménagé pour y accueillir les chiens lorsque Francis partait à la chasse. Il contenait une cage de transport, chenil miniature dont le fumet caractéristique les poursuivait. Comme il s'agissait d'une fourgonnette, malgré sa taille, elle ne possédait que trois portes. Les deux enfants étaient assis de part et d'autre du caisson de bois qui raclait le plafond, entre deux portières hermétiquement closes, pourvues de minuscules hublots qu'on pouvait à peine entrouvrir.

Deux heures durant, ils parcoururent la campagne au ralenti. Geneviève, la tête par la portière, appelait les chiens avec toute la puissance de sa voix de tête, ponctuant ses cris de sifflements stridents. Par les fenêtres-hublots à l'arrière du véhicule, Atalante et Roman scrutaient la morne plaine qui s'étendait à perte de vue, les champs de tournesol, de blé et de betterave en jachère, sans trop d'espoir d'apercevoir les limiers égarés. Dans cette partie de l'Allier, le regard est rarement arrêté par autre chose qu'une rangée d'arbres au bord d'une route en ligne droite, ou des haies de mûriers qui ont l'avantage de servir de clôture naturelle aux champs dans lesquels est parqué le bétail. Au bout d'un moment, la voix de Geneviève faiblit, et elle sortit une petite corne de brume de la boîte à gants, dans laquelle elle se mit à souffler de manière quasi continue. Le comique de la situation apparaissait de plus en plus clairement aux enfants, contraints de lutter contre l'hilarité qui les assaillait, car l'état de nerfs des occupants de l'avant du véhicule ne laissait aucune place à la plaisanterie. En cette saison, la nuit tombait tôt. Plus le temps passait, moins ils auraient de chance de retrouver les deux fuyards dans la journée.

Francis finit par se décider à interroger les paysans du voisinage, témoins potentiels du vagabondage de ses bêtes. Il s'engagea dans un énième chemin de terre, bordé de part et d'autre d'hectares de champs plats et vides, excepté la présence isolée d'un grand chêne nu sous lequel tentaient de s'abriter quelques vaches, flanc contre flanc, dans un réflexe estival pour rester au sec. En vain, au regard de la boue qui maculait leurs membres jusqu'au bas-ventre. Après quelques centaines de mètres parcourus au pas pour éviter les ornières, la 4L gagna une ferme à une vingtaine de kilomètres de leur lieu de départ.

Le jour commençait à ternir quand Francis se gara dans la cour qui longeait le bâtiment principal. Les tuiles du toit, en écailles de poisson, s'affaissaient dangereusement par le milieu. La boue s'agglomérait sous leurs pieds à mesure qu'ils avançaient vers la véranda en plexiglas sale et brisé à de nombreux endroits devant laquelle se tenait un homme sans âge aux rares cheveux noirs, trop longs, et au visage rubicond. Son bleu de travail bâillait au niveau du torse sur une peau distendue, livide, qui soulignait la rougeur de son visage. Francis lui tendit la main, et l'homme, par réflexe, lui présenta son poignet. Après sa journée de travail, il n'avait pas les mains très propres.

— Salut, Michel, tu vas ?

— Bof, tu sais, tout doux. Vous entrez prendre un café ?

— C'est pas de refus.

Ils pénétrèrent dans ce qui ressemblait à une cuisine, mais s'avéra être la pièce principale de la maison, agencée autour d'un poêle central dont la suie avait noirci le plafond, assombrissant les lieux éclairés par une maigre ampoule.

Une vieille femme s'affairait autour de la cuisinière.

— Maman, sers-leur donc un café.

La femme s'essuya les mains sur son tablier et saisit quatre verres à moutarde dépareillés qu'elle posa sur la table, les invitant à s'asseoir d'un geste sec de la tête.

— Les enfants, vous voulez un sirop ? J'ai de la grenadine.

Ils acquiescèrent du bout des lèvres, et elle versa deux bons centimètres de sucre dans leurs verres. Sans y toucher, Atalante détailla avec suspicion le décor de dessin animé qui ornait le sien, à moitié dissimulé sous l'étiquette mal retirée de moutarde de Dijon. Le fait qu'une famille d'hirondelles ait niché dans une poutre, sur laquelle s'étaient figées d'épaisses coulures de fientes d'oiseaux, la convainquit de privilégier l'impolitesse à la salmonelle. Du coin de l'œil, elle nota que Roman avait suivi le même raisonnement. Geneviève, quant à elle, vida d'un trait sa tasse de café, tandis que Francis interrogeait le paysan du regard.

— Tes chiens sont dans la grange, je leur ai mis à boire, t'en fais pas.

Francis se détendit enfin.

— Ils vont bien ?

— Ah çà, pour sûr !

L'amertume de sa réponse n'échappa pas à Francis.

— Ils t'ont fait du dégât ?

— Bof, un peu !

L'homme, gêné, lâcha un rire bref.

— Disons qu'ils ont un peu fait courir mes poules.

— Ils t'en ont tué ?

— Quelques-unes…

— Dix-sept, l'interrompit sèchement sa mère.

— Dix-sept ?

— Dix-sept.

Francis siffla entre ses dents. Embarrassé, il proposa de payer le tribut de l'orgie de ses bêtes, et ne discuta pas le montant que lui annonça la vieille. Satisfaite, elle empocha les billets et sortit une bouteille de liqueur du buffet pour allonger le fond de café de son hôte.

3

La valse des arrivants et des partants.

Si l'on met de côté ces brefs interludes, la vie quotidienne de la maisonnée était des plus mornes. Le temps passait dans une lenteur désespérante pour les enfants qui ne rêvaient que du moment où ils s'en iraient. Cela arrivait d'ailleurs parfois plus vite qu'on ne l'aurait pensé, et sans prévenir. Dans le courant du premier hiver de Roman et d'Atalante en ces lieux, Sandy retourna vivre chez ses grands-parents maternels avec sa mère, qui avait fini par quitter l'hôpital. Ces derniers avaient réussi à convaincre le juge des enfants qu'ils représentaient pour leur fille et leur petite-fille une solution d'accueil acceptable. À peine quelques semaines plus tard, le petit Sofian déménagea dans le Nord. Sa mère avait refait sa vie, et décidé de changer de région pour « prendre un nouveau départ » avec son mari tout neuf, lequel s'était découvert une vocation de sauveur de femme en détresse et se croyait prêt à endosser le rôle de figure paternelle de substitution pour ces trois garçons en mal de père et de repères. Personne n'y croyait vraiment, mais le dossier avait été transféré dans une autre région, à charge pour le juge qui prenait le relais de s'en débrouiller. En attendant, les services sociaux avaient besoin de place pour d'autres enfants. Geneviève, Francis et Angélique étaient habitués à la valse des arrivants et des partants, et, bien que certains départs se soient avérés plus douloureux que d'autres, ils avaient appris à en prendre leur parti. Atalante ne s'en émut pas vraiment, même si les histoires familiales de ces gosses, contées sans détour par Geneviève, continuaient de la choquer. Elle savoura le calme relatif qui s'ensuivit dans la maison privée de ses deux plus jeunes éléments. Roman parut en faire aussi peu de cas qu'elle, pourtant l'école eut à déplorer plusieurs épisodes de fugue en milieu de journée, qui lui valurent un premier avertissement. Aux yeux de Geneviève, c'était évident : ces départs réactivaient les traumatismes du garçon, et il avait besoin de s'exprimer. Elle se limita donc à lui demander de se débrouiller pour ne pas se faire exclure, car cela lui poserait des difficultés d'organisation pour le récupérer le soir.

Dans un premier temps, il sembla, de manière surprenante, qu'elle avait pris la bonne décision. Le quotidien avait repris le dessus, sans faire de vagues.

Mais la visite de la mère de Roman, annoncée à Atalante par Angélique un mercredi d'hiver, avant même que la fillette ait le temps de retirer sa doudoune et le bonnet-écharpe rose bonbon qui chargeait ses cheveux d'électricité statique, montra qu'il fallait toujours prendre garde à ne pas confondre le calme et la paix. Cette réunion familiale, la première depuis qu'il avait été placé, devait avoir lieu le jour même. Toutefois, on avait tardé à prévenir Roman, d'une part afin qu'il ne soit pas trop déçu si elle était finalement annulée à la dernière minute, ce qui pouvait arriver, d'autre part afin d'éviter tout débordement à l'école.

Angélique avait déballé ces nouvelles très vite et tout bas, de peur d'être interrompue par sa mère, qui lui avait recommandé de ne pas s'étendre sur les détails, si bien qu'Atalante n'avait pas tout saisi. Elle comprit que la mère de Roman devait venir accompagnée d'une assistante sociale et de son petit frère, trop jeune pour être placé. Atalante recevait beaucoup trop d'informations pour quelqu'un qui ignorait tout du système de placement des enfants encore quelques mois auparavant. Elle avait cru, au départ, qu'il s'agissait de pur altruisme, avant de comprendre que c'était un autre aspect du métier de Geneviève, qui percevait une allocation pour garder chez elle des enfants en mal de foyer. Du haut de son mépris pour cette maison, qu'elle ne jugeait pas à la hauteur de sa petite personne, avec ses odeurs et ses occupants mal dégrossis, Atalante voyait mal comment Geneviève avait pu obtenir la confiance des services sociaux. Elle ignorait que le manque de places était le nerf de la guerre, et que peu de bonnes âmes se portaient volontaires pour accueillir ces enfants et la kyrielle de problèmes qui les accompagnait, même contre rémunération. La DDASS était bien heureuse d'avoir sous la main une personne prête non seulement à les héberger, mais également à les véhiculer chez le juge, le pédiatre, le psychologue – voire le psychiatre –, dans les lieux d'accueil parents-enfants, et, avantage non négligeable, à accepter chez elle l'intrusion des assistantes sociales, ainsi que, dans certains cas, les familles tuyaux-de-poêle de ses pensionnaires. Ainsi, contrairement à ce que pouvait imaginer Atalante, non seulement le dossier de Geneviève avait été accepté, mais elle était choyée comme celle qui ne rechignait pas à se voir confier les cas difficiles. Ce dont elle ne s'enorgueillissait même pas, tant cela lui paraissait aller de pair avec sa mission.

La matinée s'écoula avec une lenteur encore plus pénible que d'habitude, et l'entrain feint de Geneviève, soudainement prise d'une fièvre de rangement, mit les nerfs de tout le monde à rude épreuve. Les visiteurs arrivèrent juste après que les enfants eurent fini de débarrasser la table du déjeuner. La mère, son bébé sur la hanche, se tenait derrière l'assistante sociale, petite femme potelée aux lunettes rondes et vertes et au menton fuyant.

Geneviève les installa dans le salon avec Roman, et intima aux deux gamines d'aller voir ailleurs si elle y était.

La mère de Roman était léthargique. Lorsque le bébé réclama à manger, elle sortit un sein lourd de son chemisier et le lui cala machinalement dans la bouche, les yeux dans le vague. À part les bruits de succion du petit, on aurait entendu une mouche voler. Assis en tailleur sur le parquet, face au fauteuil dans lequel Geneviève avait installé sa mère, Roman semblait ne pas savoir comment rompre le silence et la distance qui le séparaient de sa génitrice. Il la dévorait des yeux avec avidité, comme s'il avait peur qu'elle ne s'évapore. Une fois que le bébé eut fini de se nourrir, elle referma son corsage et se renfonça dans le fauteuil, laissant Roman s'occuper de son petit frère. C'était plus facile avec lui. Ses petites mains potelées lui parcouraient le visage, s'agrippant à ses bras, à ses cheveux. Son aîné le repoussait avec des gestes doux, sans paraître perdre patience le moins du monde.

La scène se déroulait sous haute surveillance. Depuis la cuisine, où elle s'entretenait avec Geneviève, l'assistante sociale scrutait les agissements du trio, en jetant des coups d'œil réguliers à l'horloge-dalmatien. Sans doute vivait-elle aussi mal que les enfants l'enfermement dans la maison où son service avait placé ce garçon. On était au tout début d'un mois de février particulièrement glacial, et il ne lui était pas possible de proposer une promenade, qui aurait peut-être égayé ces retrouvailles et permis au temps de s'écouler plus vite. À regret, elle s'était installée à la table de la cuisine, sur laquelle elle avait posé un épais dossier et un petit carnet noir, feignant de laisser un peu d'intimité à la famille de Roman. En réalité, sous son regard, chacun agissait comme s'il avait eu un fusil sur la tempe. Chaque geste était réfléchi, rien n'était spontané. Même le bébé semblait ressentir la tension dans l'air.

Dans le couloir, où les filles s'étaient réfugiées avec les deux chiennes, tombaient quelques bribes de la conversation qui se tenait dans la cuisine.

— Il est assez calme en ce moment.

— Et à l'école ?

— Il y a eu quelques incidents. Il a séché la classe plusieurs fois. Mais ça s'est tassé. Sa mère lui manque. Son frère aussi. Ça ira peut-être mieux maintenant qu'il va pouvoir les revoir. Bien sûr, ce qu'il voudrait, c'est retourner vivre avec eux.

— J'ai fait le point avec les services d'accueil d'urgence. Pour l'instant, il est impossible de loger la famille au complet. La mère allaite toujours le bébé, donc on le lui laisse, mais Roman, ce n'est pas possible. Il est trop grand, et les seules chambres disponibles actuellement sont des chambres simples où on ne peut pas accueillir la mère et les deux enfants dans des conditions décentes.

— C'est dur, pour lui, de savoir que son petit frère vit avec sa mère, et pas lui.

— Je n'ai pas d'autre solution. On manque de place, comme vous le savez, et je ne peux pas pousser les murs. C'est déjà une chance qu'elle ait pu garder le bébé.

— Et le père ?

Regard entendu. Geneviève proposa un café, pour la forme. Elle ne se formalisait jamais du refus de son interlocutrice. À l'heure dite, cette dernière se leva, et le rendez-vous s'acheva. On ne les reverrait pas avant le mois suivant.

Quand la porte se referma sur les visiteurs, Geneviève proposa une partie de petits chevaux avec un enjouement factice. Sans se donner la peine de lui répondre, Roman partit couver son chagrin dans sa chambre. Atalante comprit pourquoi les visites avaient mis tant de temps à venir, et pourquoi elles seraient si espacées. Cela remuait trop d'émotions. Les adultes devaient penser qu'il fallait y aller en douceur, ne pas forcer les choses, laisser le temps à Roman de se remettre entre deux visites. La réalité, c'est qu'il ne fallait surtout pas qu'il puisse développer l'espoir que le placement pourrait s'arrêter bientôt. Et tant pis pour le manque. Et tant pis pour la peine. Et tant pis pour le temps perdu.

Afin de lui éviter la sollicitude envahissante de Geneviève, les filles acceptèrent la partie de petits chevaux, sans trop de conviction. Par-dessus le plateau du jeu, Atalante regardait vraiment Geneviève pour la première fois. Elle se demanda où cette femme trouvait la force de conserver sa bonne humeur. Rien n'allait bien pour Roman, ça crevait les yeux. Et on ne pouvait pas rester insensible à sa situation après avoir assisté à sa rencontre avec les siens. Quelle était la place de Geneviève dans la vie de cet enfant ? Quel était son rôle ? Gardienne ? Mère de substitution ? Mais Roman avait déjà une mère. Ce n'était pas la tendresse de Geneviève dont il avait besoin. Est-ce que cela l'attristait ? Croyait-elle malgré tout que ses pensionnaires ressentiraient de la gratitude à son égard, plus tard ? Qu'ils reconnaîtraient ce qu'elle avait fait pour eux ? C'était peu probable. Car ils restaient des enfants, trop préoccupés par leurs problèmes familiaux pour faire preuve d'empathie à l'égard de celle qui les accueillait de bon cœur. Et après tout, ils ne lui avaient rien demandé.

4

Même les chiens n'avaient pas envie
de mettre le nez dehors.

— Allez ouste, dehors !

Geneviève arracha Atalante à sa lecture. La gamine n'osa pas protester. Roman, qui passait par là, ne put non plus lui échapper.

— Vous deux, je ne veux pas vous voir de l'après-midi ! Il fait beau, la neige s'est arrêtée. Prenez la vieille luge d'Angélique dans la grange et allez jusqu'au bout du chemin qui longe l'étang. Il y a une belle pente là-bas, ça vous fera de l'exercice.

Le garçon grommela, furieux qu'on lui impose cette activité et la compagnie d'Atalante en sus. La relative complicité qui avait succédé à la traque des chiens de chasse n'avait pas duré.

Guère plus ravie mais sans broncher, la fillette le suivit dans la grange qui servait de garage. Pour une fois, le calme régnait sur les chenils. Même les chiens n'avaient pas envie de mettre le nez dehors, pelotonnés les uns contre les autres dans les larges niches en béton qu'avait construites Francis pour les abriter des intempéries ; l'hiver, il les bourrait de paille afin de conserver la chaleur animale qui s'en dégageait.

La grange était encombrée par le matériel servant à entretenir et laver les cages, et par l'équipement du chasseur. Une sorte de cabane avait été construite à l'intérieur. Son accès était interdit aux enfants car elle abritait les nombreux fusils et couteaux de Francis. Une lourde chaîne cadenassée en barrait l'entrée, exigence de Geneviève qui ne voulait pas risquer de perdre son agrément pour la garde des enfants qu'elle accueillait à deux pas de là.

La luge en plastique rouge était suspendue au mur du fond, au-dessus d'une ancienne mangeoire en pierre que Roman escalada avec agilité. Il s'escrima un long moment sur la corde qui la retenait au plafond, durcie par le temps et les moisissures. Finalement, la luge s'affaissa dans un grincement, et s'arrêta à quelques centimètres de sa jambe, retenue par les derniers liens noués autour de ses freins.

— Atalante, viens m'aider ! fit-il en sautant souplement au sol.

C'était la première fois qu'il prononçait son prénom. Surprise, elle ne réagit pas tout de suite.

— Bon, tu m'aides ?

— Oui, pardon.

Elle s'avança et tira maladroitement sur la corde emmêlée qui lui brûlait la pulpe des doigts. Roman s'agaça, la poussa d'un coup de coude et finit le travail seul. La luge tomba dans un claquement sec. Ils la transportèrent à l'extérieur où l'air glacial leur coupa la respiration. Atalante souffla sur ses gants de laine, mais la tiédeur relative de son haleine sur ses doigts se transforma très vite en humidité glacée.

Déjà, Roman s'élançait à grandes enjambées sur le chemin en pente qui longeait l'arrière de la propriété. Elle pressa le pas pour tenter de suivre sans l'agacer ce garçon morose, dans son manteau d'hiver trop grand sur son pantalon trop court, qui balançait son corps massif en cadence avec les mouvements de la luge. Le pompon rouge vif de son bonnet de laine kaki tranchait sur la neige vierge qui s'étendait sur la plaine bourbonnaise.

À mesure qu'ils avançaient, les prés disparaissaient au profit des bois. Leur progression n'en était pas moins ralentie par les racines qui couraient sur le sol, créant des ornières dans lesquelles la neige s'était amoncelée.

Ils finirent par gagner les berges de l'étang gelé. Sous la fine pellicule de glace du bord, l'eau sombre clapotait au rythme des secousses qu'impulsaient les pas lourds de Roman. Atalante ne sentait plus rien, pas même les légères larmes de froid qui coulaient sur ses joues durcies par les assauts du vent.

Une fois passé l'étang, le chemin se prolongeait dans les sous-bois, avant de plonger dans le dernier virage, créant en effet une pente superbe, recouverte d'une couche de neige épaisse dans laquelle seuls quelques lapins s'étaient aventurés tôt le matin, laissant de minuscules marques de leur passage sur la surface parfaitement lisse.

Ils restèrent un instant debout, côte à côte, sans savoir quoi faire. Posée entre eux, la luge attendait la pente.

— Tu veux que j'essaie d'abord ? proposa Roman.

— Oui, s'il te plaît.

La première descente fut pénible. Sous le poids de Roman, la luge s'enfonçait dans la poudreuse, le contraignant à déblayer le chemin tous les deux mètres. Il finit par descendre et s'employa à tracer une piste, ahanant sous l'effort. Atalante n'avait aucune envie de l'aider. Frigorifiée, elle refusait de mouiller ses gants alors que ses doigts étaient déjà gourds.

— Qu'est-ce que tu fabriques ? Viens m'aider !

— J'ai froid !

— Ça va te réchauffer.

Comme il commençait à s'énerver et qu'il lui faisait peur, elle s'avança à regret et se mit à écarter la neige sur les bords du chemin, à grands coups de pied inefficaces.

— C'est plus facile avec les mains.

— J'ai trop froid. En plus, mes gants sont en laine, je vais les tremper.

— Laisse tomber, tu sers à rien.

— C'est facile pour toi, avec tes gants, tu sens pas le froid !

— Tu crois ça ?

Il lui agita une main sous le nez. La plupart des coutures avaient lâché, à un endroit ou à un autre, et le gant de cuir était criblé de trous.

— Francis m'a refilé sa vieille paire, quel veinard je fais ! Sale gamine pourrie gâtée, dégage de mon chemin.

— J'ai jamais demandé à venir faire de la luge avec toi !

— Et moi ? Tu crois que j'ai envie de me trimballer un boulet qui sait rien faire de ses dix doigts ?

Ils remontèrent la pente en silence pour effectuer un nouvel essai.

— Allez, mets-toi dedans, je vais te pousser pour te donner de l'élan.

Atalante s'assit en râlant dans la coque en plastique. Elle se rendit vite compte qu'elle n'isolait en rien du froid. Prostrée, elle serra son manteau contre sa poitrine.

— Tu es prête ?

— Si on veut.

Roman se mit à courir pour donner de l'élan à son embarcation, puis la lâcha dans un à-coup. Atalante apprécia les premières secondes, jusqu'à ce que la luge prenne de la vitesse. C'était la première fois qu'elle en faisait, et elle ignorait comment freiner. Les arbres défilaient de plus en plus vite sur les bords de la piste qui se terminait par un virage. Roman hurla au loin, mais elle ne comprit pas ses instructions, qui se noyèrent dans le grincement assourdissant de la neige au contact du plastique lancé à vive allure. Elle finit par s'arrêter net dans un talus, qui l'envoya valdinguer à plusieurs mètres. Groggy, elle resta un moment allongée sans bouger.

Lorsqu'elle rouvrit les yeux, elle vit le visage de Roman au-dessus d'elle.

— Ça va ? Tu peux te lever ?

Atalante prit la main qu'il lui tendait et se hissa sur ses pieds avec appréhension. Son genou droit la lâcha dès qu'elle tenta de faire un pas.

— Tu t'es fait mal ?

— À ton avis ?

— Pourquoi t'as pas freiné ? Tu m'as pas entendu ?

La gamine ravala un sanglot, puis la colère la submergea.

— Non ! Non, je t'ai pas entendu ! Non, je sais pas freiner !

— Arrête de crier ! fit-il en s'efforçant de garder son calme. Bon, remonte, je te ramène à la maison.

Assise sur le talus, les bras croisés, elle boudait.

— Pas question.

— Tu veux rester là, le cul dans la neige ?

Le fait qu'il ait raison l'agaça encore davantage.

— Je m'en fiche ! Va chercher quelqu'un, je bougerai pas.

— Je suis pas à tes ordres, princesse ! Et tu as bien de la chance que je te plante pas là !

Atalante s'essuya le nez sur la manche de son manteau, traçant une ligne blanchâtre sur la laine bleu marine. La tête baissée pour que Roman ne voie pas sa morve, elle se hissa tant bien que mal sur la luge. Il voulut l'aider, mais elle le repoussa d'un geste rageur.

— Laisse-moi, je peux me débrouiller toute seule.

Grimaçant de douleur, elle parvint néanmoins à trouver une position à peu près supportable, sa jambe dépliée sur l'avant de la luge que Roman se mit à traîner lentement sur la pente raide qu'elle venait de descendre. Il s'arrêtait régulièrement pour reprendre son souffle, retira ses gants, puis son bonnet, son manteau, remonta ses manches. Atalante ne fit aucun effort pour lui rendre la tâche plus aisée.

Lorsqu'ils arrivèrent enfin sur le plat, il s'immobilisa. Sa respiration rapide produisait par saccades d'épaisses vapeurs blanches dans l'air glacial.

— J'ai froid, se plaignit Atalante.

Le regard de Roman la percuta violemment. Il la lâcha d'un coup. Aussitôt la luge glissa en arrière, et la fillette laissa échapper un cri d'effroi. Il posa son pied juste à temps sur la corde. La luge s'immobilisa dans un sursaut.

— Aïeuh !

— T'as fini de chouiner ?

— Tu m'as fait mal ! Je suis blessée, je te rappelle !

— Je fais ce que je peux, mais on peut pas dire que tu m'aides !

— Je te déteste.

— T'inquiète, c'est réciproque.

— T'es méchant avec moi, t'es méchant avec tout le monde ! Même ta mère veut pas vivre avec toi tellement t'es méchant !

Elle sut qu'il allait la frapper. Instinctivement, elle se roula en boule, se couvrant la tête de ses bras. Rien ne vint. Au bout d'un moment, elle osa relever les yeux. Campé sur ses jambes, au milieu du chemin, il avait l'air sonné. Il la fixait sans la voir.

— Pardon ! Je voulais pas dire ça !

Aucune réponse.

— Excuse-moi, Roman, je pensais pas ce que je disais !

Il se détourna d'elle, amorçant quelques pas. Elle bascula sur le côté, prenant appui sur ses bras pour se redresser. Son genou, qui avait gonflé dans son pantalon, refusa de se plier. Elle se traîna malgré tout sur plusieurs mètres, avant d'abandonner. Roman, debout sur la berge de l'étang, lui tournait le dos.

— Je suis désolée.
— Tu sais rien de moi.
— Je sais, excuse-moi…
— Me parle plus jamais de ma mère.
Elle le lui promit.
— Gamine stupide.
— Je suis désolée.
Elle ne savait pas quoi dire d'autre.
— Remonte dans la luge, on rentre.

Sur le chemin du retour, il se remit à neiger. Aux abords de la maison, trempés jusqu'au cœur, ils trouvèrent Francis qui changeait la paille souillée dans les niches des chiens afin de les maintenir au chaud et au sec. Après un bref coup d'œil au genou d'Atalante, il jugea que ce n'était pas bien méchant et la souleva dans ses bras. Les brins de paille pris dans les mailles de son tricot picotaient la joue de la fillette blottie contre lui pour se réchauffer. Roman les suivait sans un mot. Francis, qui avait appris à lire le silence de ses bêtes, ne posa pas de questions aux deux petits. Une fois à l'intérieur, il laissa Atalante aux bons soins de Geneviève, et cette dernière appliqua de la glace sur son articulation enflée. Puis il posa une main apaisante sur l'épaule de Roman et l'emmena avec lui dans la grange pour ranger la luge, dans laquelle Atalante ne s'assiérait plus jamais. La douleur de l'entorse s'estompa en quelques jours, mais pas le dépit qu'Atalante ressentait chaque fois que son regard se posait sur Roman. Geneviève abandonna pour un temps l'idée d'une fraternisation forcée, Francis l'ayant convaincue de la nécessité de laisser les deux enfants s'apprivoiser à leur rythme. Cela allait prendre un certain temps.

5

Nouvelle fournée d'enfants.

Nelson et Grégory arrivèrent avec le printemps. Les deux frères étaient aussi différents que les deux chiennes qui les accueillirent en frétillant à la porte, déclenchant chez le plus âgé des gloussements étranges. Grégory avait des yeux énormes derrière des lunettes à verres épais, opaques au milieu, destinés à corriger un sérieux strabisme. À sept ans, il était à peine plus grand que son cadet, qui devait en avoir cinq, et ses boucles noires, son ossature dense contrastaient avec la blondeur de son jeune frère, dont les grands yeux marron mangeaient un visage maigre posé sur un corps squelettique. Le petit s'avança d'un air décidé et se jeta dans les bras d'Angélique. Son frère le suivit, dévoilant une démarche chaloupée, sa jambe gauche menaçant à chaque pas de se déboîter au niveau du genou et de la hanche. L'assistant social qui les accompagnait garda une main prévenante dans son dos, redoutant qu'il dévale les marches asymétriques du perron.

— Dis bonjour, Grégory !

— On-jour, articula l'enfant avec difficulté.

Nelson avait déjà investi les lieux, coursant la caniche à travers le salon, laquelle tenta de chercher refuge sous la chaise de Francis, qui ne s'était pas levé. Imperturbable, ce dernier agrippa le gamin par le col de son tee-shirt pour le reposer un peu plus loin. La manœuvre se répéta une bonne dizaine de fois sans que l'adulte ni l'enfant ne semblent se lasser.

Geneviève referma la porte, et ils se retrouvèrent tous à encombrer la salle à manger, les gosses qui criaient, les chiens qui jappaient, Francis qui se taisait et l'assistant social qui tentait de prendre exemple sur Geneviève et son optimisme à toute épreuve, sans parvenir tout à fait à masquer son inquiétude.

Ces deux-là allèrent d'ailleurs s'enfermer dans la cuisine afin d'organiser l'arrivée de cette nouvelle fournée d'enfants. L'homme remit à Geneviève une enveloppe en papier kraft.

— Tenez, là vous avez l'ordonnance pour le traitement de Nelson, et celle des séances de kiné pour Grégory. Il doit le voir toutes les semaines, vous allez pouvoir mettre ça en place ?

— Oui, j'ai déjà vu avec le kiné à domicile qui habite dans le bourg, il viendra ici, c'est plus simple.

L'homme connaissait cette famille et savait que

l'on pouvait lui confier les cas difficiles. Mais entre l'hyperactivité du plus jeune et le handicap moteur de l'aîné, il craignait que cela fasse beaucoup.

— Merci d'avoir accepté de les prendre si rapidement. Il fallait qu'on les retire à leur mère de toute urgence...

— Mais enfin ils n'ont pas de père, tous ces mômes, à la fin ? Il est où le père, là ?

Il était rare que Geneviève se permette une opinion sur ses pensionnaires. D'ordinaire, elle ouvrait grand ses bras à tous ces gamins cassés et prenait acte de la situation sans trop s'émouvoir.

— Il n'y en a pas. Ou plutôt la mère n'en parle pas. Ce qui est sûr, c'est qu'ils sont de pères différents, et qu'ils n'ont jamais été reconnus. Ils vivaient avec leur mère et leur oncle chez le grand-père, dans la ferme familiale.

— C'est le petit qui a parlé à son psy, c'est bien ça ?

— Oui, enfin, il lui a fait un dessin. Il s'est représenté en train de prendre son bain. À côté de la baignoire, il a dessiné un bonhomme tout nu, et, selon la psychologue, on voyait qu'il était en érection. Elle l'a interrogé et il a identifié les personnages sur le dessin : lui dans l'eau, et son tonton à côté de la baignoire. Toujours selon la psy, aucun enfant de son âge n'aurait la maturité suffisante pour inventer une telle scène. Elle a voulu alerter la mère, qui a cessé de le lui amener. Au contraire, suite au signalement du psy, elle a pris la défense de son frère au commissariat. Elle a accusé Nelson de raconter n'importe quoi pour se rendre intéressant. Ensuite, elle a commencé à s'en prendre à lui, et à Grégory, afin qu'ils se taisent. Le juge a décidé de lui retirer la garde au plus vite.

— Ça pouvait pas tomber mieux, j'avais deux places qui venaient de se libérer.

— Ça va impliquer une lourde charge de travail, vous en êtes consciente ? On ignore jusqu'où tout cela est allé, mais les deux enfants doivent être suivis par la psychologue de manière très régulière. Il faudra les y conduire.

— On a l'habitude, allez !

— Je vais quand même vous montrer le détail des traitements à leur administrer. Et Grégory doit porter un pansement sur l'œil droit plusieurs heures par jour pour faire travailler l'autre, je vais vous expliquer le protocole. Je vous ai fait une liste.

Il ouvrit son dossier, après avoir refusé le café que Geneviève lui proposait. Pendant ce temps, dans la salle à manger, Angélique tentait de maîtriser Nelson, seule ; Atalante s'était retranchée derrière son habituelle armure de mutisme inquiet, et Roman affichait une mine renfrognée qui effrayait visiblement les petits nouveaux. Après plusieurs minutes de vacarme, Francis repoussa sa chaise dans un frottement aigu. Tout le monde fit silence autour de lui.

— Bon, venez les mômes, je vais vous présenter aux chiens.

Il souleva Grégory, qu'il cala dans le creux de son coude, et attrapa son frère par la nuque afin de le guider vers la porte d'entrée. Puis il s'engagea dans l'allée qui reliait la maison aux chenils.

— On dirait bien que les vacances sont finies, glissa Angélique pour tenter de détendre l'atmosphère.

— Hors de question de m'en occuper, prévint Roman.

— Comme si on allait te laisser le choix ! s'exclama Atalante avec mépris.

6

La nature s'arrange toujours
pour faire pousser le remède
tout près de la source du mal.

Ce même printemps, Francis décida d'initier Roman à l'art de la pêche. Pêcher était son moyen de se remettre de la fermeture de la saison de chasse. Roman était ravi. À la maison, l'ambiance s'en ressentit. Même les cendriers de Geneviève vomissaient un peu moins de mégots sur la toile cirée dès le lever du jour. Francis et Roman passaient une bonne partie de leur temps dans la grange. Par les portes grandes ouvertes, on pouvait les voir préparer leurs lignes, trier les leurres encore utilisables de la saison précédente, laver au jet d'eau la combinaison étanche de Francis, sorte de pantalon tout-en-un à bretelles qui s'achevait sur une lourde paire de bottes. Un soir, en rentrant du travail, il déposa un immense sac en papier brun aux pieds de Roman. Les yeux brillants, le gamin en sortit un exemplaire de la même combinaison.

— Des waders ! Ils sont pour moi ?

— Non, c'est pour Geneviève... Bien sûr qu'ils sont pour toi, grand couillon !

Roman ne parvenait pas à détacher son regard de l'étiquette accrochée sur l'une des bretelles.

— Ils sont neufs...

— Exact, alors t'as intérêt à en prendre soin, autrement je te botte le cul.

Voilà pour les démonstrations d'affection. Lesdits waders ne dormiraient pas dans la grange, mais suspendus à la porte de l'armoire de Roman. Angélique leur trouvait quelque chose d'une panoplie de film d'horreur, et manquait s'évanouir chaque fois qu'elle se rendait aux toilettes qui jouxtaient sa chambre en les apercevant pendouiller contre le panneau de bois sombre de la penderie, tel un bonhomme sans tête.

Avec les beaux jours, il arrivait aux deux grands de rentrer de l'école à pied. Le handicap de Grégory ne le lui permettait pas, et Nelson avait besoin d'une surveillance constante. C'était un peu long, pourtant ils prolongeaient au maximum le trajet jusqu'à la maison sans avoir à se concerter. À la fin de la classe, faisant mine de s'attarder dans la cour, Roman attendait Atalante devant la grille de l'école. Il marchait ensuite à sa hauteur, ou seulement quelques pas devant elle, sans toutefois chercher à la distancer. Ils longeaient ainsi l'étroite route goudronnée, les pieds dans les coucous qui tapissaient les fossés. La fillette lui avait montré comment détacher la fleur de la tige pour en extraire le sucre, qu'ils suçotaient avec gourmandise. Arrivés au chemin qui rejoignait l'arrière de la propriété, Roman faisait un crochet par le lavoir et vérifiait l'état des vifs qu'il y avait entreposés. Avec fierté, il attrapait les petits goujons frétillants qu'il manipulait délicatement avant de les coller sous le nez d'Atalante. La fillette s'efforçait de ne pas prendre un air dégoûté afin de ne pas décourager ses tentatives de rapprochement, les premières depuis l'épisode désastreux de la luge. Car chaque fois qu'elle repensait aux propos qu'elle avait tenus ce jour-là, la honte lui serrait le cœur. Le chagrin qu'elle avait lu sur son visage lui avait laissé entrevoir un autre Roman, et ce Roman-là, elle avait envie de le connaître. Aussi, elle ne rechigna pas lorsque, un mercredi, Roman et Francis lui proposèrent de se joindre à eux pour leur partie de pêche. Et puis, la perspective de lire au bord de l'eau tout en jetant un œil distrait sur les bouchons se dandinant à la surface de l'étang plutôt que de rester enfermée à l'intérieur avec les deux dernières recrues turbulentes de la maisonnée n'était pas pour lui déplaire.

Roman l'intercepta alors qu'elle passait le seuil de la maison, son sac sur le dos.

— Qu'est-ce que tu emportes ?

— De la lecture : *La Maison aux pignons verts.*

— Tu penses avoir le temps de lire ?

— En attendant que le poisson morde, il faudra bien s'occuper !

Il ne répondit pas, mais lui retourna un sourire en coin qu'elle jugea suspect. À l'arrière de la maison, Francis terminait de charger le matériel dans la 4L sous les gémissements des chiens qui croyaient qu'il allait les emmener chasser.

— On y va en voiture ? s'étonna Atalante. L'étang est juste à quelques minutes à pied…

— C'est plus pratique, pour emporter le matériel, l'informa Roman.

Son sourire s'était agrandi.

L'arrière du véhicule était encombré par les cages et le matériel de pêche, aussi les enfants se serrèrent-ils l'un contre l'autre sur le siège passager. Le rebord de la portière rabota la hanche d'Atalante tout le long du trajet, qui se révéla bien plus long que prévu. Il était évident qu'ils n'allaient pas pêcher à l'étang. Lorsqu'ils arrivèrent à destination, la gamine était surtout soulagée de ne pas avoir vomi sur ses chaussures. Francis se gara sur un chemin de terre le long d'un champ et demanda à Roman de l'aider à décharger les cannes et les appâts. Il tendit à Atalante une paire de bottes.

— Ça ira, merci, je vais rester sur la berge. Je ne pense pas que j'en aurai besoin.

— La berge est pleine de boue, tu vas t'enfoncer jusqu'aux genoux. Mets-les.

Obéissante, elle retira ses tennis blanches en toile et enfila les bottes. Elle flottait un peu dedans, mais la sensation du caoutchouc qui se pliait et s'étendait à chaque pas était agréable, même si elle devait lever les genoux pour décoller ses pieds du sol boueux et suivre les deux pêcheurs jusqu'à une bande boisée, à l'autre extrémité du champ.

— Où est l'étang ?

— La rivière, tu veux dire, la reprit Francis.

— Où est-ce que je peux m'installer pour pas vous déranger ?

— T'installer ?

Il semblait ne pas comprendre. Derrière lui, Roman se mordait les lèvres.

— On ne s'installe pas, pour la pêche à la cuillère. On remonte la rivière et on cherche les trous d'eau où se cachent les truites. Prends garde à ce qu'elles ne te voient pas. Elles sont malignes. Si elles t'aperçoivent, c'est fini, il faut trouver le trou d'eau suivant. Suis-moi, et essaie de ne pas taper des pieds en marchant.

La rivière formait un mince filet d'eau qu'il aurait facilement pu enjamber. Elle serpentait entre de grosses pierres, roulait sur les fonds tapissés de cailloux qui s'entrechoquaient parfois sous son impulsion, dans un claquement sourd. D'un œil expert, Francis traquait les trous qui s'étaient formés sous les berges et tentait d'y débusquer les truites sauvages. Il communiquait tout bas avec Roman, lui enseignant comment manœuvrer son lancer afin de laisser tomber délicatement le leurre fixé à son extrémité dans l'eau, dans laquelle il ondulait ensuite pour attirer le poisson. Atalante les suivait laborieusement, gênée par ses bottes trop grandes qui s'enfonçaient dans la boue et qu'elle manquait de perdre à chaque pas. Les truites n'étaient guère coopératives – il faisait encore un peu trop froid et elles préféraient se terrer dans les trous en profondeur plutôt que de venir manger à la surface.

Francis finit par en attraper une. Il décrocha doucement son hameçon en attendant que les enfants le rejoignent, ravis qu'il se passe enfin quelque chose. Dans sa main frétillait un minuscule poisson.

— Elle est trop petite, elle ne maille pas. Il va falloir la relâcher, mais je voulais vous en montrer une, comme ça vous saurez les reconnaître.

Son gros index à l'ongle noirci de cambouis caressa doucement la peau brillante du poisson, qui les fixait d'un œil fou, en donnant ce qui s'apparentait à de grands coups de reins pour se libérer.

— Vous voyez la forme de ses nageoires ? C'est ça qui la distingue d'une truite d'élevage. Les sauvages sont plus développées, car plus combatives qu'une truite arc-en-ciel. Regardez sa tête, aussi. Elle est plus fine. Et puis souvent les truites sauvages sont plus petites, elles sont moins gavées.

Il baissa sa main au ras de l'eau et laissa le poisson disparaître dans les remous.

— Allez, les gamins, on va essayer d'en trouver des plus grosses, pour le repas de ce soir.

Pendant plusieurs heures, ils continuèrent à remonter puis à descendre la rivière. À mi-parcours, ils firent une pause et s'installèrent sur la souche d'un arbre mort. Atalante sortit une bouteille d'eau de son sac et la tendit à Roman, magnanime. Elle ne passait pas un si mauvais moment, finalement. Francis leur découpa de larges tranches de saucisson avec le couteau qu'il emportait partout, et dont il se servait également à table. Lorsqu'il eut fini, il l'essuya sur sa cuisse, le replia et le rangea dans sa poche, puis sortit de sa besace en grosse toile une topette de vin rouge, dont il versa une copieuse rasade dans une timbale cabossée. Après quoi il piqua un petit somme. Roman et Atalante allèrent flâner sur le chemin le long de la rivière, s'employant à retourner les scarabées bleus qui jonchaient le sol, couchés sur le dos, leurs pattes s'agitant inutilement en l'air. Francis leur avait expliqué qu'ils avaient été empoisonnés par les pesticides répandus dans les champs alentour, et mourraient tôt ou tard. Mais les enfants s'étaient donné pour mission de les sauver, persuadés que la seule problématique était leur incapacité à se retourner, et qu'une fois remis sur le ventre, ils pourraient s'en aller vaquer à leurs occupations. Francis avait préféré ne pas les détromper. Et puis, tant qu'ils étaient occupés, il pouvait dormir tranquille.

Au retour, les enfants escaladèrent les pierres au bord de l'eau, prenant de l'élan pour sauter d'une berge à l'autre. Peu rassurée, Atalante tenait néanmoins à montrer à Roman qu'elle pouvait faire preuve de témérité. Mais ses bottes étaient décidément trop grandes. Elle perdit l'équilibre sur un galet glissant et atterrit les fesses dans l'eau. Pour remonter sur le bord de la rivière, elle voulut s'agripper à de hautes herbes, qui se révélèrent être des orties. Elle lâcha prise en poussant des cris. Ses mains se couvrirent de myriades de cloques rouges. La brûlure vint vite, vive, urticante. Elle eut d'abord le réflexe de se tourner vers l'eau et d'y plonger ses mains brûlantes. D'un geste ferme, Francis, qui s'était réveillé en sursaut en entendant ses cris et avait accouru, la retint.

— Viens là, dégourdie !

Il l'assit d'autorité sur la souche où ils avaient pique-niqué et repartit au bord de l'eau. Les mains crispées sur ses cuisses, la gamine le vit fouiller des yeux les herbes voisinant les orties. Roman, qui avait regagné la rive sans difficulté, la rejoignit d'un air penaud et s'assit à ses côtés sans un mot. Il se sentait coupable de l'avoir entraînée dans son jeu alors qu'il connaissait sa maladresse. Agacée de toujours se montrer sous son jour le moins avantageux devant lui, elle lui sut gré de ne pas se moquer d'elle.

Francis avait trouvé ce qu'il cherchait. Il plongea une main experte au cœur de la végétation, balaya les plants qui ne l'intéressaient pas, puis arracha une touffe de longues feuilles, à l'aspect gras, d'où s'échappaient des cônes parsemés de minuscules fleurs blanches. Les enfants l'observèrent séparer les feuilles des fleurs sans comprendre ce qu'il faisait. Il revint près d'eux et se mit à frotter vigoureusement les mains de la fillette avec les feuilles qu'il venait de récolter.

— C'est du plantain, une plante très proche de l'ortie, qui pousse souvent juste à ses côtés. C'est sa manière d'éviter qu'on la cueille.

Pendant qu'il parlait, le feu dans les mains d'Atalante s'estompait peu à peu.

— Tu vois ? La nature s'arrange toujours pour faire pousser le remède tout près de la source du mal.

Subjuguée, elle observa ses mains, toujours rouges et boursouflées. Mais elle n'avait plus mal.

— Ça va mieux ? s'enquit Roman.

— Oui, merci.

— Allez, on rentre.

Francis avait déjà récupéré les cannes. Il en tendit une à Roman, et ils repartirent en direction de la voiture, quelques kilomètres plus bas.

Atalante, assise au milieu, somnola contre Roman qui fit mine de s'écraser contre la vitre noire de poussière pour s'éloigner d'elle. Il prit pourtant la peine de se mettre légèrement de biais afin de lui offrir le moelleux de son bras, et se tint raide comme une planche à s'en bloquer l'épaule durant tout le trajet du retour pour ne pas la réveiller. À leurs pieds, dans la veste de pêche de Francis, qu'il avait bourrée d'herbe afin d'en conserver la fraîcheur, gisaient les cinq truites pêchées dans la journée.

À leur arrivée, Francis dut faire face au regard furieux de Grégory, assis sur la dernière marche du perron, ses poings crispés contre son ventre. La colère de cet enfant n'était ni celle, explosive, de son frère, ni celle, violente, de Roman ; encore moins celle, précieuse et versatile, d'Atalante, ou celle, boudeuse, d'Angélique. Le petit garçon opposait un bloc compact, enfermé dans un mutisme inviolable, et maîtrisait comme personne l'art de la culpabilisation.

Ici, il y avait quelque chose de la vie de meute. Chacun sa place, du plus jeune à l'ancien, un rôle acté, immuable, sauf à évoluer en avançant en âge. Or, dans l'objectif de survie de la meute, Grégory n'avait pas d'utilité, a priori, pour le groupe. Défaut d'autonomie, défaut d'élocution, défaut d'aptitudes sociales, défaut, défaut, défaut... Ce petit défaut de la nature que Francis aurait très probablement résolu d'une manière expéditive et sans états d'âme s'il s'était présenté dans une portée de chiots, il l'avait au contraire intégré dans sa meute, avait embrassé la situation comme il le faisait de tout, avec simplicité. Grégory le suivait partout, heureux de la compréhension silencieuse de cet homme qui le dispensait d'avoir à s'exprimer par le biais de sa bouche capricieuse et ne se formalisait pas de son animalité brute.

Francis, qui n'aurait pas pu l'emmener pêcher, bien qu'il y eût pensé, ne prit pas la peine de lui expliquer qu'il n'aurait jamais réussi à suivre le rythme, là où même cette dégourdie d'Atalante avait trouvé le moyen de se vautrer dans les orties. Il l'attrapa par le bras et l'entraîna vers la grange, laissant les deux grands s'occuper d'aller vider les poissons avec Geneviève. Grégory le suivit en boitillant jusque devant son établi. Assis sur le plan de travail sur lequel le gros homme l'avait hissé, il le regarda sans rien dire fourrager dans le fatras de ferraille qui encombrait l'angle de la pièce, et en sortir la carcasse de ce qui avait été une brouette, et un vieux guidon de vélo. Ensuite, Francis alla récupérer des planches dans le tas de bois qui séchait sous l'établi, à l'arrière de la grange. Petit à petit, il lui montra ce qu'il allait construire, ce qu'ils appelleraient plus tard « la chariote de Grégory ».

Pendant les jours qui suivirent, il se consacra à cette tâche essentielle, toujours accompagné par le garçonnet qui lui offrait sa présence, à défaut de l'aider. Il commença par visser dans le fond de la brouette les planches dont il fit un caisson, puis repeignit en vert bouteille le métal qui avait rouillé. Il la percha ensuite sur des roues suffisamment costaudes pour affronter les anfractuosités du terrain, et y souda un long manche en métal qui se terminait par l'ancien guidon de vélo, permettant de manœuvrer l'engin sans difficulté. Lorsqu'il eut fini, il réunit la famille sous la véranda et leur fit une démonstration de sa maniabilité. Il demanda même l'assistance d'Atalante, histoire de prouver que n'importe qui serait en mesure de le tracter. Rayonnant, Grégory trônait dans son véhicule brinquebalant, la bave aux lèvres et les bras levés en signe de victoire. La maisonnée prit vite l'habitude d'entendre le roulis de son chariot en écho derrière le gros pas irrégulier du père.

7

Elle avait le parfum des haricots frais
qu'elle effilait le soir,
celui des prunes qu'elle dénoyautait
pour en faire des tartes.

Parmi les obligations de la meute, au sens plus large, venait un jour celle de l'aide aux anciens. Francis, qui connaissait chaque foyer des environs, avait dans ses attributions d'assurer le ravitaillement de certaines de ses connaissances. Sur la place du village, face à l'église, voisinant avec l'école et le foyer rural, se dressait le bistrot de Marcelle. Dans le temps, c'était le restaurant qu'elle tenait avec son mari. Lui était mort depuis longtemps, et Marcelle avait fermé la grande salle et transformé le vaste hall en café, idée salutaire pour les anticléricaux qui s'y réunissaient le dimanche à l'heure de la messe, les habitués qui préféraient y prendre le café du matin plutôt que de faire face à leur famille, et les enfants qui venaient y acheter des bonbons après l'école et le catéchisme du mercredi. Avec les années, Marcelle en était venue à ne quasiment plus sortir de chez elle. Au quotidien, cela ne lui posait pas autant de difficultés qu'on aurait pu le penser. Sur la place, elle pouvait s'approvisionner en pain, fromage et viande, au gré des vendeurs ambulants qui y installaient leur camion selon les jours de la semaine. Elle faisait son jardin dans l'arrière-cour, sur laquelle ouvrait la grande porte métallique à galandage qui occupait tout un pan de mur de l'immense cuisine de restaurant très sombre dont elle avait fait sa pièce à vivre. C'est là que Francis et Grégory s'arrêtaient, au moins une fois par semaine, pour lui apporter tout ce qu'elle ne pouvait se procurer à domicile, lui déposer ses médicaments, que leur confiait le pharmacien, prendre son courrier, que Geneviève se chargerait ensuite de mettre à la poste.

Grégory ne se posait pas la question de savoir aux termes de quel arrangement le couple s'occupait de cette vieille femme isolée. Il savait juste qu'il adorait y aller. Il adorait Marcelle, sa voix sonore qui n'avait jamais perdu l'accent du Périgord qu'elle avait pourtant quitté jeune mariée, lorsqu'elle avait suivi son mari pour reprendre le restaurant, l'énorme grain de beauté sur la gauche de sa lèvre supérieure, surmonté d'un poil qui frémissait quand elle parlait – tout le temps, donc. Et surtout, il adorait passer derrière la caisse pour pénétrer dans l'arrière-boutique, ce qu'aucun autre enfant n'avait jamais eu le droit de faire, et s'asseoir à la table de ferme qui trônait à même la pierre sombre du sol, élément central de l'immense cuisine dont Marcelle n'utilisait que le vieux poêle, dans l'angle duquel elle avait réussi à glisser un canapé en velours fleuri. Celui-ci donnait sur l'ancien réfrigérateur industriel transformé en meuble pour la télévision, bloquée sur la 3 et sur les informations régionales à l'heure où ils lui rendaient visite. Grégory écoutait Marcelle et Francis discuter, lové dans le canapé défoncé en suçotant des pastilles Vichy. Ils se chicanaient au sujet de Jacques Chirac, qui venait d'être élu président. Marcelle le soutenait, parce qu'elle le trouvait plus sympathique que Jospin, visiblement ignorant de l'impact que pouvait avoir un verre de rouge à la terrasse d'un café sur la santé démocratique du pays. Francis, lui, ne pouvait pas le sentir, il avait dansé dans les rues en 1981, alors vous comprenez, Marcelle, même si j'en suis revenu... Ces discussions, Grégory n'en comprenait rien. Mais, parfois, Marcelle parlait de son Périgord natal, déroulant des images de paysages nouveaux, de plateaux calcaires, de vignes tortueuses, de vastes vallées et de terres claires, de lumière, toujours. Lui ne connaissait que les paysages d'ici, les champs de blé et de tournesol à perte de vue sur la plaine bosselée par endroits de collines bien basses. Francis défendait les épaisses forêts de chênes de l'Allier. Il sortait peu de sa région, et martelait que ce pays plat avait cet avantage qu'au loin on apercevait le puy de Dôme, et qu'il n'existait rien de plus beau que la Chaîne des Puys, alors à quoi bon aller voir ailleurs, ne l'écoute pas, petit. Et puis les hommes sont partout pareils, enfin sauf à Paris, mais bon, les pauvres, aussi, vivre dans ces clapiers... Là-dessus, ils étaient d'accord.

Lorsqu'il faisait beau, Grégory allait dans le jardin. Rassuré par le son des voix fortes des adultes, il claudiquait à son rythme entre les rangées de salades, à travers la promesse de petits pois et de carottes sous les touffes légères de verdure qui affleuraient dans les replis de la terre meuble, suivait l'ouverture des pétales pointus des tulipes colorées, l'explosion des pivoines, se couchait sous le lilas touffu pour se saouler de son lourd parfum. Il aimait les fleurs. Même les géraniums criards de Geneviève. Cette dernière le savait et, le soir, après la douche, elle lui frictionnait le corps, souvent douloureux d'avoir subi les assauts du quotidien, avec de l'eau de Cologne à la lavande, sa préférée – il n'aimait pas celle à la rose, elle n'avait pas l'odeur des roses anciennes de Marcelle, qui sentaient si bon, plutôt celle d'une vieille mémé poudreuse. Marcelle, elle, avait le parfum des haricots frais qu'elle effilait sans s'interrompre à leur arrivée, celui des prunes qu'elle dénoyautait pour en faire des tartes. Celui du tabac, aussi, car on fumait beaucoup dans la pièce d'à côté. Et de sa cuisine très riche, à base de graisse de canard, qu'elle continuait de préparer en quantités disproportionnées et dont elle leur donnait souvent les restes. Les hommes qui fréquentaient le café, eux, sentaient comme Francis : la transpiration, l'animal, le tabac, sur fond d'alcool rance, senteur qui ne s'estompait jamais vraiment, même quand ils n'avaient pas bu, et se diffusait dans leur sueur de polyester, collait au coin des lèvres qu'ils essuyaient de la manche et stagnait dans leurs cheveux, qu'ils ne lavaient que partiellement d'un coup de gant de toilette le matin, rarement sous la douche.

Grégory ne se formalisait pas de l'odeur de l'homme qui l'avait recueilli. Il prenait en bloc tout ce qui constituait le personnage de Francis, son âpreté comme ses élans de tendresse bougonne. Il aimait le voir s'occuper des vieux comme des chiens, tant pis s'il faisait peu de cas de sa femme et s'y prenait parfois mal avec Atalante, ou perdait patience avec Roman. Il aimait que Francis trouve toujours une solution aux problèmes que sa carcasse défectueuse lui posait régulièrement, même si sa façon de faire bien à lui pouvait laisser les autres perplexes. Grégory avait l'avantage : pour la première fois de sa courte existence, il était le préféré, et même lui comprenait que ce serait rarement le cas.

— T'entends, gamin, ce que t'a demandé Marcelle ?

Francis avait cogné la table pour le faire réagir. Le petit garçon leva les yeux mais les reposa aussitôt sur les doigts noueux de la vieille dame, qui besognait des cosses de petits pois dans une bassine en plastique orange.

— Tu vas au voyage scolaire demain ? Tous les gosses en parlaient ce matin, quand ils sont passés après le catéchisme.

Grégory secoua la tête négativement.

— Je t'emmènerai à midi pour que tu puisses manger avec les autres, l'informa Francis.

« Je préfère rester avec toi, les autres je les aime pas, ils sont pas gentils... » aurait été trop long, trop compliqué à formuler. Grégory se contenta de lui adresser un sourire triste, ses yeux de myope ne le regardant pas tout à fait en face. Francis soupira, glissa sa grosse patte dans la toison bouclée de son chiot un peu trop fragile. Il fallait qu'il s'habitue à la vie de la meute, même si elle ne lui faisait pas de cadeau. Il fallait qu'il s'endurcisse pour le moment où il ne serait plus avec lui, ce qui arriverait sans doute plus tôt que tard.

8

T'as pu en choper combien ?

Une fois par an, l'école organisait en effet une randonnée pédestre à laquelle participaient les plus grands des élèves. C'est ce qu'ils appelaient leur voyage scolaire. À midi, les plus jeunes les rejoignaient en bus et tout le monde pique-niquait à l'ombre d'une sapinette.

Au petit matin, sous le soleil déjà tiède de juin, les enfants se massèrent sur le parking de la mairie accolé à la cour de récréation. Il y avait là une trentaine d'élèves, encadrés par deux instituteurs, et Geneviève qui fermait la marche. En rang deux par deux, l'alignement coloré de casquettes et de sacs à dos se mit en branle, derrière le seul instituteur masculin de l'établissement, qui enseignait à la classe de Roman et d'Atalante. Il avait gardé sa pipe, dont l'odeur imprégnait les copies tout autant que son haleine, qu'il tentait de rafraîchir en suçant des pastilles de menthe à longueur de journée. Pour s'adresser à ses élèves, il les calait entre sa joue et ses molaires, dans un claquement de langue adipeux. Tandis qu'il marchait derrière lui, le regard de Roman s'arrêta un instant sur la bande de mollet livide qui s'étendait de son bermuda à ses chaussures de randonnée. Sans son costume habituel, l'instituteur lui paraissait comme diminué.

Traversant le bourg, les enfants longèrent les maisons de plusieurs d'entre eux, alignement morne de cours de terre battue semblables, bordées de jardinières de géraniums plantés au carré. Pas une mauvaise herbe ne dépassait. Pas une branche de thuya ne s'échappait des haies cubiques. Parfois, l'allée était goudronnée, histoire de « faire plus propre ». Sous l'escalier qui menait à l'étage principal, partout le même garage, le même tas de bois bien rangé sous l'appentis, la même balançoire verte.

Ils virent la mère de l'un de leurs camarades de classe les saluer depuis son balcon, sa petite sœur dans les bras. Un labrador massif se précipita contre la clôture en aboyant avec entrain. Par réflexe, Roman chercha Atalante du regard. Elle fit un bond, avant de se reprendre. Puis elle le vit, et lui adressa un signe de la main pour lui signifier que tout allait bien. Il se détourna d'elle promptement.

Au bout de la rue, la petite troupe dépassa le gymnase où avaient lieu le bal du réveillon, le bal de Mardi gras, le bal du 14 juillet et la retraite aux lampions qui le précédait, le bal des pompiers, le banquet du 8 mai et celui du 11 novembre, qui faisait suite au défilé du monument aux morts de la mairie vers celui du cimetière. On aurait mieux fait de laisser en place le parquet que l'on y installait à chaque occasion, car on y dansait plus souvent qu'on y jouait au basket.

Un peu plus loin, les enfants quittèrent la route pour se glisser entre les prés par un chemin de terre. Dans le champ qu'ils longeaient, un tracteur dessinait des tranchées parmi les herbes hautes, embaumant l'air chargé d'une poussière qui s'accrochait en fine couche sur leurs peaux poisseuses. Plusieurs élèves réclamèrent une pause. On les installa sous une bordée d'arbres, et ils sortirent avec soulagement leurs gourdes, pour boire une eau au goût de plastique. Geneviève, secouée par le rhume des foins, remplit de son thermos une tasse métallique qu'elle tendit à Roman, assis au centre du groupe des garçons. Atalante s'était installée un peu à l'écart, en compagnie d'une gamine frêle aux longues tresses châtains, qui portait des lunettes à la mode une vingtaine d'années auparavant, dans les années soixante-dix. Tous les enfants savaient qu'elle était la petite dernière d'un vieux qui avait l'âge d'être son grand-père, ce qui la faisait pleurer quand elle s'imaginait qu'il risquait de mourir d'un instant à l'autre. Roman dédaigna les deux gamines et se tourna vers les garçons avec lesquels il avait l'habitude de jouer au foot pendant la récré, en terrorisant les plus petits qui n'osaient pas traverser leur groupe pour se rendre aux toilettes à la turque malodorantes situées au fond de la cour.

Peu après, ils se remirent en marche. Il commençait à faire vraiment chaud.

— T'as réussi à en prendre ?

Roman n'aimait pas Cédric, dont les yeux minces se plissaient sous des paupières lourdes, lui donnant un air bonhomme qui n'allait pas avec son caractère sournois. Pourtant, il lui était souvent utile, et c'est de lui qu'il paraissait le plus proche parmi les élèves de sa classe. Il lui fit un petit signe affirmatif de la tête, ce qui déclencha chez l'autre des gémissements de joie.

— T'as pu en choper combien ?

— Deux seulement, après elle m'aurait grillé. Et toi, t'as un briquet ?

Ricanement explicite.

— Attends !

— Quoi ?

— Hé, toi, qu'est-ce que tu fous à nous espionner ?

Accroupie au milieu du chemin, Atalante remontait sa socquette qui avait glissé, provoquant un début d'ampoule sur le bas de sa malléole. Elle se redressa avec hauteur.

— Comme si vous pouviez m'intéresser !

— Dégage de là, fille à papa !

— Cédric, tu la fermes, d'accord ?

— Mais elle va aller tout raconter à Geneviève !

— Non, elle dira rien. Pas vrai, que tu diras rien ?

— Je sais même pas de quoi vous parlez !

— Ouais, ben t'as plutôt intérêt, ou tu vas le regretter, petite conne !

La paume d'Atalante vint s'encastrer dans la joue molle de Cédric avec une précision remarquable. Il la fixa bouche bée en appuyant sa main sur la rougeur qui avait envahi ses taches de rousseur.

— Mais qu'est-ce qui se passe, ici ?

Geneviève remontait l'arrière de la troupe au pas de course, sa tignasse emmêlée battant l'air.

— C'est rien, je refaisais mon lacet, répondit Atalante sans ciller, et Cédric et Roman m'ont attendue.

Roman savait que Geneviève la croyait toujours.

— Ah, d'accord. C'est bon ? T'as fini ? On peut avancer ?

La fillette acquiesça en coulant un regard en coin à Cédric, le défiant de la dénoncer. Il n'en fit rien. Geneviève rabroua tout de même les garçons, pour la forme.

— Allez, arrêtez de traîner et rejoignez les autres.

À l'heure du pique-nique, les deux garçons s'installèrent à distance des enseignants, position de repli facilitée par l'arrivée des plus petits que le car scolaire venait de déposer. Comme promis, Francis s'était chargé de véhiculer Grégory, qu'il ramènerait à la maison tandis que ses camarades feraient à pied le trajet de retour avec les grands. Marcelle avait rempli ses poches de bonbons pour lui permettre d'amadouer les autres mômes, qui s'empressèrent de se partager le butin avant de le laisser, seul, manger son sandwich mou à côté des adultes. Tout en mâchant avec application son pain détrempé par les larges tranches de tomates que Geneviève y avait glissées, il regardait son frère faire le pitre au milieu des plus jeunes et se hisser avec aisance sur les branches basses des arbres du petit bois, le laissant par terre, pétri d'envie.

L'adrénaline retombée, Atalante, qui craignait des représailles après son altercation avec Cédric, s'était prudemment assise à quelques pas de Geneviève, même si cette dernière virevoltait d'un groupe à l'autre, se levant brusquement pour ramener le calme chez certains ou se mettant à courir derrière Nelson dont les acrobaties la rendaient nerveuse. Sous les arbres, la température était agréable. Quelques enfants se lancèrent dans une partie de cache-cache, profitant de la sieste de l'instituteur et de la distraction générale de leurs aînés, occupés à téter un café trop dilué dans des tasses en plastique qui leur coupaient les lèvres. La fillette aux tresses s'approcha d'Atalante et sortit un jeu de sept familles fatigué de son sac.

— Il manque la grand-mère, dans la famille Lièvre, mais je l'ai remplacée par le 8 de cœur, l'avertit-elle en distribuant les cartes.

Par-dessus son jeu, Atalante chercha Cédric du regard. Roman et lui avaient fini de manger, et elle les vit jeter des œillades furtives vers les adultes.

— C'est à toi.

— Pardon ?

— C'est à toi !

— Ah oui, euh... Dans la famille Faisan, je voudrais la mère.

— Pioche !

Atalante tâta le sol sans quitter les garçons des yeux. Après deux parties, elle les vit s'éloigner.

— Famille !

— Ah ? C'est bien.

Ils s'étaient accroupis derrière un buisson qui les masquait à sa vue, comme à celle des surveillants.

— Tout va bien ? finit par lui demander sa camarade.

— Oui, pardon, j'ai la tête ailleurs.

— Tu cherches qui ? Roman ?

— Mais n'importe quoi, pourquoi tu dis ça ?

— Il arrêtait pas de regarder vers nous, tout à l'heure...

— Tu te fais des idées.

— Si tu le dis.

Les deux garçons étaient revenus s'asseoir contre le tronc d'un gros sapin, à quelques mètres d'elles. Atalante vit Roman perdre contenance à mesure que le teint de Cédric, avachi à ses côtés, verdissait.

L'instituteur s'approcha de lui.

— Ça ne va pas ?

— Je me sens pas très bien…

— Mais c'est quoi cette odeur ?

— Du parfum !

— Espèces d'idiots ! Vous croyiez vraiment qu'on ne sentirait pas l'odeur du tabac ?

Le silence tomba comme une enclume. Au loin, on entendit une vache meugler pour appeler son petit. Puis des chuchotements se firent entendre, la nouvelle se répandant parmi les élèves.

— Avec quoi avez-vous allumé ça ?

Cédric sortit son briquet de sa poche et le lui tendit. L'instituteur frappa dans ses mains pour réunir le groupe.

— Allez, tout le monde, on rentre à l'école. Vous deux, vous restez près de moi. On en reparlera plus tard.

Les joues de Geneviève avaient viré à l'écarlate. Elle sortit son paquet de cigarettes de sa poche et, du bout de l'index, fit le compte de ce qui lui manquait. Seule Atalante la surprit.

Le retour fut pénible. Certains élèves boitillaient, d'autres se plaignaient de la chaleur ou de la longueur de la marche. Arrivés à l'école, la majorité d'entre eux furent récupérés par leurs parents. Accompagnant ceux qui rentraient en car avec Geneviève, Atalante et Roman durent se charger de surveiller Nelson. Surexcité, il passa le trajet à leur échapper en se jetant d'un banc à l'autre avec des éclats de rire stridents qui vrillaient leurs nerfs déjà malmenés par la fatigue de la randonnée, la contrainte de cette tournée dans le bus presque vide, et, pour Roman, la crainte du châtiment qui l'attendait à la maison.

9

Tu ne sortiras pas de table
tant que tu n'auras pas terminé
ton assiette !

La sortie scolaire étant organisée le vendredi, Roman avait un sursis de deux jours avant d'avoir à faire face aux conséquences de ses actes. Cela dit, il craignait moins la confrontation avec son instituteur que la réaction de Francis. Ce dernier ne haussa pas la voix. Il avait compris que les menaces physiques n'effrayaient pas le gamin, qui en avait vu d'autres. À la place, il l'embaucha toute la journée du samedi au cimetière communal où il devait creuser une fosse pour un enterrement prévu le mardi suivant.

Ils s'y rendirent de bonne heure. Francis délimita grossièrement l'emplacement de la sépulture, avant d'ordonner à Roman de descendre au fond fignoler le travail à la pelle, activité qui le terrifia. Puis il le laissa seul, avec pour instructions de faire le tour des tombes, d'y arracher les mauvaises herbes et de changer l'eau croupie dans les vases. Roman dut redresser des dizaines de fleurs artificielles et nettoyer les plaques des caveaux les plus anciens sur lesquels plus personne ne venait jamais s'incliner, mais que Francis mettait un point d'honneur à garder propres pour les gens qui défilaient devant lors des funérailles. Le père avait des idées bien arrêtées sur les punitions à administrer aux mômes. Celle-ci eut le mérite de calmer Roman, qui passa le dimanche à aider Geneviève dans la cuisine, de peur que Francis ne veuille renouveler l'expérience.

Le lundi, après toute la matinée à travailler sur une rédaction retraçant leur sortie scolaire sans avoir eu la moindre réflexion, le garçon crut que l'instituteur, dûment informé de la sanction infligée par Francis, l'avait jugée suffisante au regard de la gravité de la faute. C'était compter sans les absences, bagarres, insolences et mauvais résultats qu'il avait accumulés depuis près d'un an. Le calme dura jusqu'au repas de midi, que les pensionnaires de la maison prenaient à la cantine, où ils se trouvaient, encore, sous la responsabilité de Geneviève. La totalité des effectifs de l'école tenait dans cette salle, où tous les élèves déjeunaient en même temps. Atalante et Roman étaient installés à bonne distance l'un de l'autre à la table des grands, contre le mur du fond. Nelson, incapable de rester assis trop longtemps, papillonnait autour de celle des petits, au centre, sous le regard des cantinières qui les surveillaient grâce à un grand trou découpé dans le mur de droite, par lequel on pouvait voir la cuisine. Geneviève allait et venait d'une pièce à l'autre pour faire le service. Elle était assistée par madame Jacquet, qui travaillait déjà ici à l'époque où les parents d'Atalante fréquentaient l'école. C'était une femme minuscule et bossue, dont la permanente dépassait à peine de la table des grands. Elle était employée à temps partiel depuis quelques années, mais son jardin approvisionnait toujours l'école en légumes. Aussi était-ce elle qui venait les préparer tous les matins. Parfois, lorsque les effectifs étaient au complet, elle restait aider ses collègues au service du repas de midi, comme c'était le cas ce jour-là.

La voix de Geneviève se fit entendre par-dessus les discussions des enfants.

— Tu n'as rien mangé, finis ton assiette, dit-elle à Roman.

Préoccupée, elle remplit le verre d'eau de son voisin avec une carafe en métal, avant de s'éloigner vers la table suivante. Arrivée à la hauteur de Grégory, assis un peu à l'écart avec les CP, à proximité des enseignants, elle découpa une large part de quatre-quarts qu'elle lui tendit.

— N-non me'ci, articula l'enfant avec effort.

Il avait du mal à digérer tout ce qui contenait des œufs, mais aujourd'hui, Geneviève n'avait pas la tête à s'en souvenir. Elle posa la part de gâteau devant son nez. Madame Jacquet, qui passait par là pour rapporter les assiettes vides dans la cuisine, enfonça le clou :

— Tu ne sortiras pas de table tant que tu n'auras pas terminé ton assiette !

Personne ne réfutait les ordres de madame Jacquet, encore moins ce petit garçon timide qui, lorsqu'il n'avait pas d'autre choix que de parler, avalait les mots avant de les expulser de sa bouche dans une bouillie postillonnante et difficilement compréhensible pour qui n'était pas rodé au déchiffrage de son élocution chaotique. Muet, Grégory saisit sa cuillère et commença à découper une minuscule bouchée de cake, qu'il glissa derrière ses dents. Il mâchait lentement, son verre d'eau à la main pour prévenir un éventuel rejet.

— Qu'est-ce que le directeur fait là ? s'étonna l'un des grands assis derrière lui.

Le regard myope de Grégory papillonna vers le plafond, puis vers la table des instituteurs, avant de se fixer sur la porte d'entrée où s'était arrêté un petit homme potelé en chemisette d'été, le cheveu maigre rabattu sur un côté dans une vaine tentative de camoufler sa calvitie d'une mèche grasse. Il parcourut la salle avec un air de supériorité avant d'adresser un signe de tête à Geneviève, qui blêmit et le rejoignit, les mains agrippées à son plateau. Ils s'entretinrent un moment, puis elle alla vers Roman. Grégory et Atalante les suivirent des yeux.

— Viens avec moi, le directeur veut te parler, dit Geneviève à voix basse.

Roman décala le banc, manquant faire basculer en arrière tous les élèves installés de ce côté de la longue tablée. Il s'avança vers la sortie d'un pas nonchalant et prit soin de ne pas regarder Atalante, mais plaqua un petit sourire sur son visage en passant devant elle pour se donner une contenance. À mi-chemin, le directeur l'empoigna par le bras, lui déclenchant une grimace.

— Arrête de faire le malin et suis-moi.

Par la fenêtre, Grégory les vit se diriger vers son bureau. Geneviève trottinait derrière eux. Elle avait oublié de retirer son tablier. Grégory se pencha derrière le banc et se mit à vomir à grands hoquets.

Ce fut le premier établissement dont Roman se fit renvoyer.

II

DRESSAGE

10

Il sentait le frais, la vase,
c'était doux – elle en aurait mangé.

L'été, l'odeur de la maison était plus respirable. On vivait fenêtres ouvertes, l'air circulait mieux. D'un autre côté, la chaleur exacerbait les vapeurs d'excréments canins qui macéraient à proximité des chenils, et venaient à l'occasion chatouiller les narines de ceux qui séjournaient sur la véranda, comme c'était le cas d'Atalante ce jour-là. Drapée dans une longue robe sombre qui protégeait sa peau trop blanche des attaques du soleil, elle lisait *Jane Eyre* dans le nid moelleux de la vieille balancelle grinçante. Grégory, à ses pieds, s'amusait à arracher une à une les feuilles de la vigne vierge qui recouvrait le mur contre lequel il était appuyé, puis à les glisser dans les interstices des lattes de bois du sol. À quelques mètres de là, Geneviève et Francis défrichaient les herbes hautes qui avaient envahi l'arrière du terrain au printemps et avaient séché sur place au mois de juillet. Les vipères qui y pullulaient représentaient un danger pour les bêtes. Sans doute aussi pour les humains, d'ailleurs, mais c'est la proximité des enclos que Geneviève avait évoquée au déjeuner pour convaincre Francis de s'atteler à la tâche. Nelson leur prêtait une aide aussi frénétique qu'inefficace, mais cela leur permettait de le surveiller tout en l'occupant. Cinq années avaient passé depuis son arrivée, pourtant il n'avait gagné ni en calme ni en sagesse.

Atalante était âgée de quinze ans, pourtant ses parents la confiaient toujours à Geneviève et Francis, les mercredis et durant les vacances scolaires, et lorsqu'ils s'absentaient pendant le week-end. Ce n'est pas qu'ils ne lui faisaient pas confiance. Elle était sérieuse et ils le savaient. Cela ne lui demandait pas d'efforts. De nature docile, elle ne voyait aucun attrait dans la rébellion, quelle qu'en soit la forme. Pour rien au monde elle n'aurait désobéi à leurs instructions. Simplement, ils étaient inquiets. Jamais elle n'avait pu faire de vélo toute seule dans le chemin qui s'ouvrait derrière le pavillon carré qu'ils avaient fait construire après leur mariage, des années avant sa naissance. Jamais elle n'avait pu prendre le bus seule, depuis qu'elle était passée au collège et n'avait plus Geneviève pour l'accompagner. À la veille d'entrer au lycée, elle venait tout juste de négocier avec eux l'autorisation de rentrer directement chez elle à la fin des cours. Bien sûr, elle continuerait à venir le mercredi, c'était trop leur demander de la laisser seule aussi longtemps. Et puis ça lui faisait de la compagnie, affirmaient-ils. Elle aimait trop la solitude, ce n'était pas sain de passer son temps le nez dans les bouquins. Ils avaient peur qu'il ne lui arrive quelque chose, voilà tout. Ils avaient peiné à avoir cette unique enfant, qui avait la lourde tâche de porter tous les espoirs que la vie ne leur avait pas permis de réaliser. Tous deux travaillaient beaucoup, elle était infirmière, lui comptable. Ils voulaient qu'elle puisse choisir ce qu'elle avait envie de faire de sa vie, économisaient pour le lui permettre. Voilà ce qu'avait toujours connu Atalante : une famille sans histoire, de l'amour, même s'il lui était donné à distance par des parents très occupés et peu présents, et même s'il était source d'angoisse, puisqu'elle avait le devoir d'être heureuse et épanouie pour trois. S'ils avaient su comment on la surveillait... S'ils avaient vu Geneviève manier le sécateur et Francis passer la tronçonneuse... S'ils avaient vu Nelson courir pieds nus à proximité des nids de vipères... Mais après tout elle ne se trouvait pas si mal, ici ; en tout cas, elle s'y était faite avec le temps, et la plupart des enfants placés avaient l'air de s'y plaire. Et puis, il y avait Roman, qui vivait toujours là.

Roman était lui aussi âgé de quinze ans, presque seize. Ce jour-là, il s'était absenté comme il le faisait dès qu'il le pouvait depuis le début des vacances, pour aller nager dans l'étang près duquel avait eu lieu le mémorable épisode de la luge, plus de cinq ans auparavant. C'était plus un trou d'eau qu'autre chose, cet étang, mais l'eau y était claire et fraîche. Les jeunes du coin avaient fabriqué à l'aide de quelques planches un plongeoir de fortune qu'ils ne quittaient pas aux heures chaudes de ce mois d'août caniculaire. Parfois, il arrivait à Atalante de les épier, dissimulée dans les branchages du sous-bois attenant, avec Grégory assis tranquillement dans sa chariote qui les fixait de ses yeux démesurés derrière les carreaux épais de ses lunettes, un peu de bave au coin des lèvres.

Atalante se sentait misérable chaque fois qu'elle cédait à la tentation de suivre Roman pour l'observer, mais cela ne l'empêchait pas d'y retourner. Ce jour-là encore, elle posa son livre et proposa à Grégory de l'emmener se balader, malgré la chaleur accablante et la contrainte de devoir le tracter dans la chariote que Francis avait renforcée au fil des ans. Même les chiens dans leurs enclos se contentèrent de leur jeter un regard blasé, étalés dans un coin d'ombre contre un muret ou cachés dans leurs niches. Il fallait passer son temps à changer leur eau pour qu'elle reste fraîche, ces jours-ci. Ils roulèrent au pas sur le chemin caillouteux, tant parce qu'Atalante peinait sous le poids d'un Grégory de douze ans qui avait plus grossi que grandi et qu'elle voulait éviter de trop secouer son passager que parce qu'elle veillait à ne pas se faire remarquer, même s'ils étaient encore trop loin du trou d'eau pour qu'on les entende approcher.

Comme à son habitude, elle camoufla leur embarcation derrière le feuillage d'un noisetier en retenant son souffle. De leur poste d'observation, ils assistaient au ballet des corps fiévreux s'élançant dans les airs pour venir briser l'étendue immobile de l'étang. Ils les regardaient se bousculer en faisant mine de se pousser à l'eau, puis y plonger à deux, alors que les mains s'égaraient, et qui sait ce qui se passait avant de remonter à la surface, durant ces quelques secondes où les rires fusaient, les cheveux des filles ruisselaient et les garçons secouaient les leurs dans des gerbes d'eau qui déclenchaient des cris d'effroi surjoués. Roman était là, bronzé et sûr de lui, loin de l'image qu'il leur présentait à l'autre bout de la table du déjeuner, quand il leur faisait face sans les regarder, les méprisant de tout son être.

Absorbée par la scène, Atalante ne perçut pas tout de suite l'agitation de Grégory derrière elle. Ce furent les bruits qu'il émettait qui la sortirent de sa torpeur. Il était en train de frotter frénétiquement ses mains potelées sur le devant de son short, déformé par une érection naissante à laquelle il tentait de remédier, un sourire douloureux plaqué sur son visage écarlate, les yeux rivés sur le groupe de filles. Horrifiée, Atalante poussa une exclamation qu'elle ne parvint pas à assourdir, lui saisit le bras et le projeta avec force contre le dossier du petit véhicule afin qu'il cesse. Elle s'inquiéta un peu trop tard du fait qu'elle avait pu attirer l'attention sur eux, et porta son regard vers l'étang. Roman, debout sur le plongeoir, avait tourné la tête dans leur direction, et le sourire qu'il présentait à ses compagnons se transforma en un rictus féroce lorsqu'il la repéra sur la rive, pétrifiée et mal cachée derrière le maigre feuillage estival. Aussitôt il plongea dans l'onde, emportant avec lui la fille qui se tenait à ses côtés. Cette dernière remonta à la surface en l'aspergeant, feignant de lui reprocher son initiative, tandis qu'elle se glissait contre lui le long des planches de bois. Roman plaqua sa bouche contre celle de la fille, qui lui passa les doigts dans les cheveux. Atalante battit en retraite, le plus rapidement que le lui permettait son chargement honteux, déversant sur le pauvre Grégory un flot de reproches dégoûtés.

Sur le chemin du retour, elle songea à ces filles qui traînaient avec Roman, leurs maillots de bain noués très bas sur les hanches, ficelles lâches dans le dos qui laissaient apercevoir la poitrine dans le bâillement savamment étudié du tissu. Sur leurs peaux bronzées, caramel, or, cuivre, les gouttes d'eau ruisselaient, hérissant parfois la cuisse d'une chair de poule saisissante, que les garçons présents rêvaient de caresser de leurs doigts nerveux, sans s'y risquer. Alors on préférait se pousser à l'eau, se retenir, se peloter incidemment dans les profondeurs veloutées et silencieuses, et puis, si jamais l'on était repoussé, on pourrait toujours arguer d'une maladresse due au plongeon, c'était si facile. Atalante n'ignorait rien de ces jeux aquatiques qui duraient des heures et auxquels elle n'était pas conviée, et maîtrisait mal l'envie que l'esprit simple de Grégory avait trouvé un moyen très rapide de soulager. Les hurlements des chiens à son passage devant leur enclos avaient dû érafler ses nerfs plus que d'habitude. Elle était en larmes en arrivant à la maison.

Elle se recroquevilla sur la balancelle qui sentait le moisi, mortifiée à l'idée que Roman ait pu également surprendre l'activité à laquelle s'était livré Grégory à ses côtés pendant qu'elle l'épiait. À leur retour, Geneviève lui avait envoyé une gifle bien dosée à la vue de son short souillé. Francis l'avait écartée pour emmener le gamin se laver, et tenter d'avoir avec lui une conversation qui s'annonçait délicate.

Atalante se retrouva seule sur la terrasse. Un peu plus tard, lorsque Roman passa devant elle, montant en courant les marches de l'escalier sans la remarquer, il sentait le frais, la vase, c'était doux – elle en aurait mangé. Elle l'entendit faire le tour de la maison bruyamment, s'entretenir un moment avec Geneviève et ressortir en claquant la porte de la baie vitrée, ce qui déclencha instantanément des hurlements de protestation chez les chiens rendus nerveux par l'approche d'un orage. Roman vint s'appuyer à la rambarde de la terrasse, désœuvré. Il poussa un soupir, s'agaça, agita ses jambes, puis, s'armant de courage, il lui fit face.

— Ça te dit de te baigner, sorcière ?

Il avait entrepris de l'appeler ainsi depuis le début de l'été, se moquant de son accoutrement d'apiculteur gothique qui peinait à protéger la rousseur de sa peau. Elle lui jeta un regard noir par-dessus son livre.

— Ça va, je plaisantais !

— Tes amis t'ont abandonné ?

Il ne releva pas, lui fit son petit sourire en coin :

— Allez, Talou, viens te baigner avec moi...

Il avait dû entendre sa mère l'appeler comme ça, à l'occasion. Mais pour lui, c'était la première fois. Il essayait de ne pas paraître gêné. Elle lui sembla s'adoucir. Il insista :

— Viens, l'eau est trop bonne, tu verras ! À moins que tu ne saches pas nager...

— Je sais nager ! Simplement, je n'ai pas de maillot.

L'excuse était inattaquable, elle espéra qu'il allait en rester là.

— Tant pis, tu te contenteras de te mouiller les pieds. Allez, viens.

Déjà il la prenait par le bras et l'entraînait derrière lui. Les marches gémirent lorsqu'ils les dévalèrent, les chiens aboyèrent à leur passage, le vent fit bruisser les arbres le long du chemin qu'ils empruntèrent pour retourner au bord de l'étang. La poussière qui volait sous leurs pieds vint pâlir la robe sombre de l'adolescente. Elle la releva, découvrant ses jambes jusqu'aux cuisses. Roman regarda devant lui en pressant le pas. Elle tenta de le suivre, entravée par cette stupide robe, et se laissa finalement distancer. Énervée, elle s'évertua à ne pas perdre de vue le tee-shirt jaune vif de Roman, qui tranchait sur le gris poudreux des arbres secs. Lorsqu'elle le rejoignit enfin au bord de l'eau, elle était en sueur.

— Pourquoi tu m'as demandé de venir ?

Surpris, il se tourna vers elle.

— Tu pouvais pas m'attendre ? C'est si dur pour toi de supporter ma présence ? Alors pourquoi tu m'as demandé de venir ?

Il ne répondit pas, se contenta de retirer son tee-shirt et son short, et s'avança dans l'eau. Cette attitude désinvolte attisa la colère d'Atalante, qui le suivit, tout habillée.

— Tu vas m'attendre, à la fin ?

Elle hurlait en martelant l'eau qui lui arrivait à présent à la taille, et éclaboussa Roman, qui se retourna, agacé.

— Mais c'est quoi, ton problème ? Je croyais que t'avais pas de maillot pour te baigner !

Ils se faisaient face à présent, et elle prit conscience du poids de sa robe mouillée qui la tirait vers l'arrière, venant plaquer le tissu contre sa poitrine. Ses bretelles malmenées par les clapotis de l'eau lui cisaillaient les clavicules. Elle voulut faire demi-tour et rejoindre la rive, mais ses jambes s'empêtrèrent dans les volutes de son vêtement, et elle perdit l'équilibre. À peine sa tête eut-elle plongé sous la surface de l'eau qu'elle se sentit tirée vers le haut, soutenue par Roman qui la remit sur pied. Ses cheveux dégoulinaient sur le carcan de sa robe fripée. Elle avait bu la tasse. Elle toussa et cracha sans parvenir à reprendre sa respiration. Elle était encore dans les bras de Roman, pourtant elle n'entendait pas les mots qu'il prononçait à quelques centimètres seulement de son visage. Ses oreilles remplies d'eau étaient bouchées. Elle sentit alors monter en elle un fou rire incontrôlable, toute colère abandonnée. Ses oreilles se débouchèrent peu à peu. Le rire sonore de Roman résonnait contre sa poitrine.

— Tu es folle ! Tu... es... folle ! répéta-t-il à plusieurs reprises.

Peu à peu, leur rire décrut. Vidée, Atalante s'appuya doucement contre le torse glabre du jeune homme. Les grondements de l'orage étaient encore loin, mais ils étaient tout de même de plus en plus présents. Les nuages roulaient dans le miroir de l'étang, et elle savourait pour la première fois de l'été la fraîcheur de l'eau, pour la première fois de sa vie le contact de ce torse de garçon contre sa joue, ces bras étrangers qui la serraient. Et puis elle se souvint de ces mêmes bras qui entouraient un autre corps, peu de temps auparavant, à quelques brasses de là. Elle se redressa et s'écarta de lui.

— Je vais me sécher, dit-elle avant de regagner le rivage.

Tandis qu'elle essorait sa robe comme elle pouvait, il lui tourna le dos et se mit à nager en direction de la rive opposée. La lumière était à présent métallique, sale, à vous coller le vague à l'âme. Atalante s'allongea sur l'herbe, étalant les pans de sa robe et ses cheveux autour d'elle pour les faire sécher. Immobile, les yeux au ciel, elle regarda évoluer les nuages. L'air était lourd, et elle sécha vite. Lorsque Roman sortit de l'eau, il s'assit à bonne distance, déstabilisé par ses constants changements d'humeur. Les avant-bras sur les genoux, il baissait régulièrement la tête pour passer une main dans ses cheveux humides, dans un réflexe nerveux. Il serra et desserra les jambes, s'étendit un instant en s'appuyant sur ses coudes, puis se redressa, se gratta la nuque.

Il fouilla dans la poche du short qu'il avait abandonné avant de se mettre à l'eau, en sortit un paquet de cigarettes. Il lui en proposa une, qu'elle refusa. Discrètement, pendant qu'il allumait sa cigarette, elle détailla le profil du jeune homme qu'il était devenu. Allongée de biais par rapport à lui, elle observait l'angle de ses bras qui reposaient sur ses genoux pliés, la courbure de son dos bronzé. Elle se releva dans le craquement désagréable du lin qui avait raidi en séchant et se décala pour éviter d'inspirer la fumée âcre qu'il recrachait.

— Même rester assise à côté de moi, c'est trop pour toi, hein ? aboya-t-il, faisant voler sa cigarette, qui s'éteignit au contact mouillé de l'eau dont le clapotement entraîna dans son sillage le mégot flétri.

— Non, c'est pas ça…

— T'as qu'à rentrer, si t'as tant de mal que ça à supporter ma présence !

— On peut pas dire que ta présence m'encombre. Tu passes ton temps ici, tu ne rentres que le soir, et tu m'adresses jamais la parole, ni à moi ni à quiconque, d'ailleurs.

— Toi non plus, tu me parles pas.

— Comme si ce que j'ai à dire pouvait t'intéresser !

— Ça m'intéresse, ce que tu dis, avoua-t-il tout bas, si bas qu'elle ne fut pas sûre d'avoir bien entendu.

Elle lança, sans trop réfléchir :

— C'est comment ?

Il ne comprenait pas de quoi elle voulait parler.

— Quand tu l'embrasses, cette fille, c'est comment ?

Il se retourna et la regarda. Un sourire gêné plissa la cicatrice qui débordait sur sa pommette gauche.

— Tu nous as vus ?

— Tout le monde vous a vus ! Il était difficile de ne pas vous voir, d'ailleurs.

— C'était juste une fois, comme ça, pour voir.

— Et c'était comment ?

— Tu sais, voyons !

Elle lui dit que non, elle ne savait pas. C'était à son tour d'être gênée. Mais elle ne baissa pas les yeux.

Il se pencha vers elle, s'approcha de son visage, glissa ses doigts le long de sa joue. Tout proche, il s'immobilisa. Alors c'est elle qui vint poser ses lèvres sur les siennes. D'abord leurs dents se cognèrent, puis leurs langues se rencontrèrent, et elle s'étonna de cette sensation nouvelle, du moelleux de ses lèvres, du goût de la cigarette froide qui lui parut délicieux, mélangé à son goût à lui. Il passa une main sur sa nuque, appuya un peu plus fort son visage contre le sien. Les premières larmes de pluie vinrent s'écraser sur leurs bras nus, les obligeant à se lever et à courir se mettre à l'abri à mesure que de grosses gouttes tombaient de plus en plus fort sur la poussière du chemin qui ne parvenait pas à les boire, formant des rigoles dans les ornières laissées par les tracteurs du voisinage.

Lorsqu'ils parvinrent à la maison, essoufflés, Geneviève les attendait sous la véranda.

— Où étiez-vous, avec ce temps ? Allez, rentrez vite. Roman, madame Guinard est arrivée, tu avais oublié votre rendez-vous ?

Le visage de Roman se ferma, et il partit se changer avant de s'entretenir avec son assistante sociale. Geneviève lança un regard sévère à Atalante.

— Ta mère ne va pas tarder, va te sécher.

11

Elle n'est pas un peu grosse, cette…

Avec l'automne revint la saison de la chasse. Le moment de l'année qu'attendait Francis, et que Geneviève redoutait, car il impliquait une surcharge de travail, et moins d'aide pour s'occuper des enfants. Lorsque Atalante n'avait pas de chance, il pouvait arriver que les week-ends d'absence de ses parents tombent en plein dedans. Ils partaient souvent en voyage avec d'autres couples d'amis, et il était toujours pénible d'avoir à gérer les devoirs qui réduisaient le temps à accorder aux loisirs, et de trouver une baby-sitter pour veiller sur les enfants le soir. Puisque Atalante était restée d'une timidité maladive et qu'elle appréciait tant la solitude, ils en avaient conclu qu'elle serait aussi bien chez les gens qui la gardaient depuis l'enfance et auxquels elle était habituée, plutôt qu'avec eux. Ainsi, tout le monde était content. Ce dimanche d'octobre, ils la déposèrent tôt – exigence de Geneviève qui avait du pain sur la planche – et prirent la route de Brive-la-Gaillarde. Elle fut aussitôt réquisitionnée avec Angélique pour la préparation du repas de midi. Cette dernière, à présent âgée de dix-neuf ans, venait d'être embauchée dans le supermarché de la ville voisine, et on la voyait peu en dehors des heures des repas. Mais elle vivait toujours à la maison, et devait mettre la main à la pâte durant ses jours de repos.

Pendant que Geneviève cuisinait un coq au vin pour quinze personnes, Atalante surveillait la grosse cocotte en fonte dans laquelle mijotait le repas des chiens, et Angélique découpait un jambon cru que Francis avait remonté de la cave avant de partir à la chasse, à l'aube. Un fumet curieusement agréable adoucissait l'atmosphère suffocante de la cuisine, dont la fenêtre était close, malgré la vapeur qui se dégageait des casseroles. Il fallait que tout soit prêt pour le repas de midi au relais de chasse. C'était un mobil-home que Francis avait installé dans une clairière, au milieu du bois qui longeait sa maison. Il était meublé d'une grande table bordée de bancs et de chaises disparates où toute la chasse venait se restaurer. Chaque fois, l'une des épouses de ces messieurs se chargeait du repas. Ce jour-là, c'était au tour de Geneviève.

Elle pria Roman de préparer le plateau de fromages et de porter les deux caisses de vin qui l'accompagneraient. Comme il s'exécutait sans rechigner, elle en profita pour lui confier le chargement des victuailles dans le coffre de la 4L, y ajoutant plusieurs bocaux de prunes au sirop et les tartes aux pommes qu'elle avait préparées la veille.

— Tu viens avec nous ? lui demanda-t-elle.

Atalante sortit le nez du garde-manger pour écouter sa réponse. Il s'arrêta à la porte d'entrée et se retourna, les bras encombrés d'une cagette débordant de vivres.

— Tu veux que je vienne, Talou ?

— C'est toi qui vois, cela dit je comprendrais que t'en aies pas envie…

— Bon, on ne va pas épiloguer, brailla Geneviève. Roman, le groupe est au complet aujourd'hui, et j'ai beaucoup plus de caisses à porter que d'habitude, donc tu viens, j'ai besoin de toi.

Soulagé qu'elle lui ait fourni un prétexte pour les accompagner, Roman se déchargea de son fardeau et grimpa à l'arrière de la 4L, Nelson contre lui, cédant le siège passager à Grégory et Atalante, qui avaient tendance à être malades en voiture.

Depuis plusieurs années, Francis, quelques voisins et ses collègues employés municipaux louaient une chasse privée située à cinq kilomètres à peine de la maison. Tous ne vivaient, semblait-il, que dans la perspective des mois d'ouverture de la saison de chasse, qui s'étendait de septembre à février. Le reste du temps, il fallait s'occuper des chiens, les lâcher régulièrement afin d'entretenir leur musculature de traqueurs, les soigner. Francis y passait le plus clair de son temps libre, et le vétérinaire, le docteur Hubert, était une figure familière de la maisonnée. Francis dépensait une somme colossale en vaccins, vermifuges et soins divers, en plus des croquettes qu'il achetait par lots avec les autres chasseurs dans le magasin d'alimentation pour animaux de la commune voisine, où il s'approvisionnait également en matériel pour bricoler les chenils qui se dégradaient rapidement au contact des bêtes et des intempéries. À cela s'ajoutaient le coût des armes et des munitions, l'achat du permis de chasse et sa part de la location. Les pensions perçues au titre de l'hébergement des chiens de ses voisins étaient donc plus que bienvenues dans le foyer, et ce n'était pas pour rien que Geneviève travaillait à l'école en plus de son allocation de famille d'accueil. Pour compléter ces revenus, les chiennes au meilleur pedigree étaient soumises à la reproduction et leurs portées vendues par la suite aux chasseurs de la région. Par ailleurs, l'un des beagles de Francis était un étalon reproducteur, dont les saillies se vendaient à prix d'or. Tout cet investissement, ce temps, cet argent, cet espace qu'il fallait trouver pour stocker le matériel et loger les bêtes, tout cela dans un seul but : passer chaque jour chômé de l'automne et de l'hiver à traquer le gibier qui foisonnait sur le terrain de chasse réservé à Francis et à ses collègues. À la fin des années quatre-vingt-dix, les chasseurs ne bénéficiaient d'aucun des moyens de communication modernes, et n'étaient pas tenus de se vêtir de gilets orange ou de mettre en place des panneaux de signalisation afin de sécuriser les alentours. Lorsqu'on se promenait dans les parages en période de chasse, on évitait les bois et les prés trop éloignés de la route, on s'habillait de couleurs voyantes, et c'était tout. Ces précautions ne suffisaient pas à empêcher que, de temps à autre, une balle perdue vienne estropier l'un des participants. L'éthylisme de certains d'entre eux n'y était pas étranger.

Malgré la proximité du relais, le trajet prenait du temps sur le chemin cahoteux qui traversait la zone de chasse. C'était une belle journée d'automne. Il faisait frais et un peu humide, mais le soleil brillait haut dans le ciel quand l'équipe de ravitaillement atteignit la clairière, et à cette heure de la journée il parvenait encore à réchauffer l'atmosphère. L'air bruissait de pépiements d'oiseaux, qui se taisaient brusquement lorsque claquait un coup de fusil non loin de là. Les hommes n'étaient pas encore revenus, mais leurs épouses n'allaient pas tarder. Geneviève chargea les plus jeunes de nettoyer les lieux pendant qu'elle s'affairait avec Angélique dans le petit espace du mobil-home qui servait de cuisine.

Une fois qu'ils eurent fini de mettre le couvert, de sortir les gamelles des chiens et de remplir leurs écuelles d'eau, ils cédèrent volontiers la place aux femmes qui venaient de les rejoindre et s'égaillèrent à l'extérieur. Ils ne pouvaient pas trop s'éloigner, de peur qu'un coup de fusil les atteigne, et durent trouver à s'occuper dans le périmètre de la clairière. Roman, en équilibre sur la branche basse d'un chêne qui en délimitait l'entrée, s'amusait à fabriquer de petits personnages avec des glands dans lesquels il plantait des morceaux d'allumette. Il les offrait ensuite aux deux plus jeunes qui accueillaient ses créations comme autant de trésors à chérir : un soldat sur sa monture, un fermier prenant soin de divers animaux dans un petit enclos de branchages. Roman était concentré, les sourcils froncés, ses doigts manipulant avec délicatesse les fragiles structures qu'il construisait. Au bout d'un moment, il en tendit une à Atalante.

— Pour toi, Talou. C'est une danseuse.

La petite bonne femme avait une jambe raide, mais Roman était parvenu à arquer l'autre de manière à produire l'effet d'un genou plié et d'un pied qui tournait dans l'air. Ses « bras » formaient un cercle au-dessus de sa tête. Le chapeau du gland la coiffait d'un chignon haut. Atalante le remercia et se hissa vers lui sur la pointe des pieds pour l'embrasser sur la joue. Un sifflement éloquent et désagréable l'arrêta dans son élan. Les hommes arrivaient, il était temps d'aller manger. La meute des chiens qui les accompagnait prit d'assaut sa pâtée dans un concert de jappements et de carillons des clochettes qu'on avait suspendues à leur cou pour les localiser.

À table, Francis sortit de sa poche carnier, dans le dos de sa veste de chasse, les deux perdrix qu'il avait abattues dans la matinée. Il tenait à les montrer aux enfants. Le flanc des deux oiseaux était encore chaud, leur plumage duveteux. Leurs têtes pendaient mollement au bout de leurs corps flasques. Nelson battit en retraite, choqué, mais Grégory alla jusqu'à les prendre entre ses mains, ravalant sa répulsion afin de susciter la fierté du père.

Après le repas, les hommes s'installèrent à l'extérieur pour une sieste, appuyés contre les troncs des arbres qui encerclaient la clairière. Leurs chiens firent de même dans l'enclos que Francis leur avait aménagé avec des planches de coffrage à l'arrière du mobil-home. Leurs épouses regagnèrent leur domicile après avoir aidé Geneviève à nettoyer. Cette dernière profita de ce moment de calme pour entraîner les enfants dans les sous-bois, à la recherche de champignons. Elle leur expliqua comment distinguer les vraies girolles des fausses, plus spongieuses, dont le chapeau jaune-orangé s'assombrit à l'approche du centre et cache des lames très nettes, contrairement aux vraies girolles, plus claires, aux plissements moins linéaires. Nelson, pour une fois concentré, se révéla excellent dans l'art de la cueillette, distançant très vite son frère, qui boitillait en essayant d'éviter les pièges du terrain irrégulier, et les plus grands qui traînaient les pieds, sans trop se fatiguer à se pencher vers la terre en quête de ce qui garnirait l'omelette du dîner ce soir-là.

Comme à son habitude, Geneviève ne s'avoua pas vaincue par le manque d'enthousiasme de sa petite troupe.

— Allez, venez ! Je connais un pré dans lequel on pourra trouver des mousserons. Même Atalante devrait réussir à en voir !

Ils quittèrent l'abri des fourrés. Ici, sans la coupole des arbres qui étouffait leur écho, les bruits reprenaient de l'ampleur. Face à eux, derrière des buissons chargés de mûres, s'étalait un pré vert, de ce vert puissant des saisons humides, parsemé de flaques brunes dont s'était délesté un troupeau de vaches.

— Il est occupé, ce pré, non ? hasarda Atalante.

— Ne t'en fais pas, ce ne sont que des vaches. Elles ne feront même pas attention à nous, répondit Geneviève.

— Tu es sûre ? Et s'il y avait un taureau ?

— Je suis fille et petite-fille de paysans. S'il y avait un taureau, je l'aurais vu.

Geneviève avait déjà posé un pied sur le fil barbelé le plus proche du sol et soulevait celui du dessus pour leur ouvrir un passage. Elle préféra tout de même demander à Grégory de rester à les attendre derrière la clôture, par précaution. Atalante hésita un instant ; les grosses touffes de crins qui s'étaient prises dans les barbelés la rendaient fébrile, elle craignait de se blesser au passage comme les bêtes avant elle.

Une fois de l'autre côté, la cueillette fut en effet meilleure, à la grande satisfaction de Geneviève qui leur montra comment repérer dans l'herbe la forme caractéristique en fer à cheval sur laquelle poussaient les mousserons. Elle se mit à arpenter le terrain d'un pas victorieux, soulevant à chaque foulée la fine poussière exhalée par les vesses-de-loup qu'elle piétinait avec entrain, avant de s'arrêter net. Là, au milieu du champ, vaches et veaux se vautraient sans états d'âme dans la boue. Seule une bête se tenait debout, une bête énorme dont les yeux noirs les fixaient de part et d'autre de son chanfrein bouclé. Ce fut Roman qui posa la question :

— Elle n'est pas un peu grosse cette… ?

— Taureau ! Demi-tour ! Maintenant ! s'écria Geneviève.

Elle saisit la main de Nelson et battit en retraite aussi vite que possible, les enfants à sa suite. Le panier de champignons brinquebalait contre sa jambe, semant dans l'herbe les mousserons à peine cueillis. Atalante s'interrogea sur la pertinence de leur technique de repli, susceptible d'énerver leur hypothétique poursuivant ; mais elle n'osa pas se retourner pour vérifier s'il avait décidé de les prendre en chasse.

Le raclement de sabots dans leur dos acheva de la faire paniquer. Alors que Roman soulevait les barbelés pour permettre à Geneviève et Nelson de regagner le chemin, elle jugea que ce dernier était hors d'atteinte et décida de grimper dans les branches d'un arbre sur lequel était fixée une partie de la clôture. Les autres la virent dévier vers la gauche sans comprendre son initiative. Ils eurent tout le temps de se mettre à l'abri, la bête ayant pris le parti de la suivre. La branche sur laquelle elle se réfugia était basse, aussi s'agrippa-t-elle au tronc en remontant ses jambes contre sa poitrine, poussant des cris hystériques. Lorsqu'elle finit par se taire pour reprendre son souffle, elle perçut les rires qui fusaient depuis le chemin, derrière elle.

— Venez m'aider ! Il va me bouffer !

— Il ?

— Le taureau !

— Ce n'est pas un taureau, ça, c'est une vachette, l'informa Geneviève. Le taureau n'a pas bougé, il nous a vus détaler, ça lui a suffi !

Geneviève repassa la clôture et s'approcha de l'animal chétif qui gambadait au pied de l'arbre. Elle parvint à le faire fuir d'un simple coup de pied sur la terre. Mortifiée, Atalante fulmina pendant que Roman l'aidait à descendre de l'autre côté, hilare. Son fou rire dura tout le temps du trajet retour ; rien que pour cela, elle jugea que sa déconfiture valait le coup.

12

Un jour, il a pendu son chien.

Au printemps suivant, Roman fut mis à pied du lycée pour avoir multiplié les heures de colle. Il avait toujours de grandes difficultés à supporter l'autorité et à se plier aux consignes des enseignants. Voulant lui éviter le désœuvrement, Geneviève le fit embaucher chez un voisin, qu'il aidait à couper son bois. Il y restait manger la gamelle qu'elle lui préparait le midi. Francis ne décolérait pas depuis qu'il l'avait appris.

— Tu n'aurais pas dû le laisser y aller ! tonna-t-il dans un crépitement de miettes de pain qui, pour la plupart, atterrirent dans les poils de sa barbe jaunie.

Outrée, elle s'arrêta à mi-chemin entre les plaques de cuisson et la table de la cuisine, un plat en fonte dans ses mains recouvertes de maniques mauves maculées de jus de viande.

— Il est parti travailler ! Ça lui fera le plus grand bien.

— C'est pas le travail, le problème, c'est l'employeur.

— Quel est le problème avec son employeur ? demanda Atalante.

Elle adorait les ragots de Geneviève sur ses voisins, mais ceux de Francis étaient plus savoureux car il était rare qu'il déblatère sur un « collègue ».

— Le Chat, on peut pas lui faire confiance.

— Pourquoi ?

— Il ne nous a jamais rien fait, objecta Geneviève en versant une louchée de blanquette gélatineuse dans l'assiette de Grégory.

— Il élève des animaux qu'il lâche la veille pour les tirer le jour même de la chasse. Ce n'est pas un vrai chasseur.

— Et c'est un critère pour pas lui faire confiance ? osa Atalante.

— Un jour, il a pendu son chien.

— Il a quoi ?

Elle en lâcha sa fourchette sur les chiennes, à ses pieds. La caniche se mit aussitôt à la lécher. Sans en faire cas, Geneviève ouvrit un tiroir derrière elle et lui en tendit une propre.

— Il a pendu son chien ! Véridique !

— Mais enfin ! Pourquoi ?

— Il s'est penché pour le nourrir et sa casquette est tombée par terre. Le chien s'est mis à jouer avec.

Il l'a déchiquetée. Alors, le type est parti prendre une corde, et il l'a pendu à la porte de la grange.

— Comment tu l'as su ?

— Il l'a laissé là quelques jours, un avertissement pour les autres, tu vois ?

— On peut pas lui faire confiance, donc.

— C'est ce que je me tue à dire, conclut Francis en piquant une large tranche de saucisson avec la pointe du couteau au manche de corne qui ne le quittait jamais.

Atalante remua du bout de sa fourchette le contenu de son assiette pour donner l'illusion qu'elle était en train de manger. L'anecdote lui avait coupé l'appétit.

— Au fait, d'où lui vient ce surnom, « le Chat » ? reprit-elle.

— Un jour qu'il avait trop picolé, il a pissé dans les bottes de son père en rentrant au milieu de la nuit. Le matin, quand le vieux est parti aux champs, il a mis les pieds dedans. Pour pas se prendre une rouste, il a dit que c'était le chat, ce con !

Francis partit d'un rire qui ressemblait à une quinte de toux. Nelson, qui se tenait tranquille depuis le début du repas, poussa un cri de joie. Son frère égrena une série de petits gloussements brefs. Les chiennes s'agitèrent entre leurs deux chaises, allant de l'un à l'autre à l'affût des morceaux de blanquette que cette joyeuse agitation pourrait leur permettre d'attraper.

— Qu'a fait son père, quand il l'a découvert ? demanda encore Atalante, haussant la voix afin de couvrir le vacarme, qui avait déclenché de bruyantes réprimandes de la part de Geneviève, adressées à la cantonade.

— Pendant une semaine, il l'a employé à planter une clôture autour du pré juste en face.

De la pointe de son couteau, Francis désigna un champ de taille moyenne, de l'autre côté de la route, entouré d'une clôture de piquets de bois éclatés, sillonnés par des barbelés mal tendus.

— Ça reste raisonnable, non ?

— À cinq heures du matin. Par moins dix. La terre était dure comme de la pierre !

Geneviève pouffa de rire dans son verre de rouge coupé d'eau, puis se redressa et désigna de son index tordu la blanquette qui se figeait dans l'assiette d'Atalante.

— Mange, ça va être froid.

Lorsque Roman passa la porte d'entrée après le départ d'Atalante, ce soir-là, il avait les yeux brillants, le pas hésitant. Geneviève fronça le nez, saisie par les effluves de sueur et d'alcool qu'il dégageait. Francis le suivit dans le couloir qui menait à sa chambre pour lui parler. Après ce jour, Roman ne retourna plus couper le bois avec le Chat. Pour autant, il continua à s'échapper le plus possible de la maison. Il parlait de moins en moins, et, s'il n'avait jamais vraiment écouté Geneviève, même les conseils de Francis ne semblaient plus l'atteindre. Ce dernier se faisait du mouron, tout comme son jardin qui, à cette saison, était envahi par endroits de ces mauvaises herbes du même nom, aux feuilles charnues et aux fleurs blanches. Et, comme pour ces dernières, il ne savait pas trop comment s'en débarrasser.

13

Tu l'emmèneras ramasser les escargots.
Ça lui fera pas de mal.

Angélique était godiche comme on pouvait l'être au sortir de l'adolescence, quand on avait grandi trop vite et eu des seins et des fesses trop tôt, si bien qu'elle avait pris l'habitude de les dissimuler sous de grands tee-shirts informes. Sa prestance pataude, ses longs cheveux mous, son cou mal délimité qui plongeait dans ces tee-shirts évasés sur les hanches la faisaient ressembler à une poule grasse et bienheureuse. Et pourquoi n'aurait-elle pas été heureuse ? Elle était l'enfant unique de parents qui recueillaient les mômes mal-aimés du coin, ce qui lui donnait de l'importance au sein du foyer et la conscience de sa chance d'avoir, et des parents, et un foyer. Et puis elle était l'aînée, et même si cela impliquait que sa mère compte sur elle pour l'aider à s'occuper des petits, cela renforçait son autorité. Récemment, elle avait même obtenu un attribut supplémentaire qui lui permettait de susciter l'envie : elle s'était dégoté un petit ami. Andy était encore plus mou qu'elle, à supposer que ce soit possible, et il affichait la fierté légitime d'avoir acquis récemment à la fois une 205 et une copine. C'était comme sa revanche sur l'existence qui l'avait affublé du prénom Andy, et l'avait par ailleurs paré de sévères problèmes d'acné, lesquels allaient en s'estompant à présent qu'il devenait adulte, mais lui laissaient malgré tout quelques traces indélébiles. Ils s'étaient rencontrés au Leclerc, en toute logique, puisque Angélique y passait le plus clair de son temps lorsqu'elle n'aidait pas ses parents à la maison. Il y occupait un poste de magasinier. Quand il venait lui rendre visite à la maison, il restait avachi dans le canapé du salon, Angélique scotchée à sa bouche aux yeux de tous, le laissant peloter allègrement ses formes charnues sans se sentir plus gênée que ça. Après tout, elle était adulte, et avait un travail stable, même si elle espérait bien trouver rapidement un emploi plus glorieux que caissière chez Leclerc, de préférence dans l'administration. Les deux jeunes gens semblaient plutôt apprécier de se donner en spectacle, ce qui avait tendance à mettre mal à l'aise les autres enfants. Roman s'en plaignit un soir au dîner.

— C'est dégueu, grommela-t-il à l'intention de Geneviève, puisque Francis, qui présidait au bout de la table comme d'habitude, ne montrait aucun intérêt pour le sujet.

— On s'aime, je vois pas ce qu'il y a de dégueu, se défendit Angélique.

— Ce qui est dégueu, c'est de voir des gens moches se rouler des pelles, enchaîna-t-il tranquillement.

— Maman !

— Roman, surveille ton langage.

Geneviève pensait à ce que Nelson irait encore répéter à l'assistante sociale.

— Rouler des pelles, rouler des pelles ! se mit justement à scander ce dernier.

— Tu vois ? Tu es fier de toi ?

— Ce qui te pose problème c'est qu'il ait appris ces mots, mais pas qu'il les voie en pleine action ? s'insurgea Roman.

— Angélique, il a raison, vous devriez vous isoler dans ta chambre, intervint Francis.

Le visage d'Angélique s'éclaira.

— Si tu penses que c'est mieux pour les petits.

— Bouffonne, va, grogna Roman.

— C'est quoi rouler des pelles ? demanda Nelson, ce qui épargna à Roman une nouvelle réprimande de la mère ou de la fille.

Geneviève prit le temps de s'essuyer la bouche avec sa serviette, qu'elle avait retirée d'un rond en bois ouvragé à son nom comme en possédait chaque membre de la maisonnée, avant de lui expliquer :

— Tu sais, quand on s'aime très fort, il arrive qu'on se fasse des bisous sur la bouche… Eh bien, c'est ça, rouler des pelles.

— Ah oui, bafouilla Grégory de sa voix pâteuse, en recrachant un bout de carotte, c'est comme Roman et Atalante, hein ?

Silence de mort. Francis releva dangereusement le nez du pot-au-feu qu'il mâchait avec soin pour éviter de se péter une dent sur la viande trop cuite de Geneviève. Roman, aussi rouge que les cheveux de cette dernière, tenta un démenti.

— Mais tu dis n'importe quoi ! Arrête de raconter des conneries !

Il se mit à pilonner rageusement les mollets de Grégory sous la table, heurtant au passage l'une des deux chiennes qui poussa un couinement.

— Mais alors, c'est quoi quand vous vous faites des bisous sur ton lit et que vous voulez pas jouer avec nous ? insista l'ingénu en planquant ses jambes sous la chaise de son frère.

Nouveau silence. Francis posa sa fourchette et se mit à essuyer son couteau avec son pain, avant de le replier et de le poser calmement sur la table. Roman remercia le ciel qu'Atalante ne soit pas restée dîner avec eux ce soir-là. Angélique buvait du petit-lait. Les chiennes, pour qui le claquement du couteau était annonciateur de la fin du repas et de la répartition des restes dans leurs gamelles respectives, s'extirpèrent de sous la table.

— Suffit ! beugla leur maître. La gamine vient demain ? demanda-t-il à sa femme.

Geneviève répondit que oui, la gamine viendrait l'après-midi, comme tous les mercredis.

— Tu l'emmèneras ramasser les escargots. Ça lui fera pas de mal.

Aux problèmes d'éducation des enfants, Francis trouvait toujours une solution adaptée à la saison et à la météo. Roman lança un regard vers le jardin noyé par la pluie de printemps qui n'avait pas cessé de tomber, serrée et opiniâtre, depuis des semaines. Il imagina la réaction de Talou lorsqu'on lui annoncerait qu'elle devait aller s'y casser les reins sous la bruine froide et les conseils sentimentaux de Geneviève.

— Des escargots ! claironna Nelson, qui adorait assister à la phase de dégorgement, où on leur faisait cracher leur bile pour les rendre plus comestibles.

Il s'arrêta d'un coup, et son petit visage de piaf prit une expression inquiète. Il se tourna vers Francis et lui demanda de sa voix pointue si les escargots étaient des animaux en rupture de stock, ou si on avait le droit de les cueillir. Les rires qui fusèrent autour de la table apaisèrent la tension accumulée sous le plafonnier de fausses bougies dégoulinantes qui éclairait le centre de la table.

Angélique, qui espérait s'être fait oublier, se vit embringuer dans l'expédition du lendemain, durant laquelle les deux jeunes filles, mortifiées, encapuchonnées, le nez dans la gadoue, allaient subir un sermon plus ou moins bien mené sur leur vertu et les différents moyens de la préserver, dispensé par une Geneviève surtout attentive à remplir sa tâche avec ardeur. Elle ne laissait aucune chance aux pauvres mollusques qui croisaient sa route et finissaient dans l'un des seaux en plastique blanc dont Francis semblait posséder une réserve inépuisable, puisque, contrairement aux craintes de Nelson, ils n'étaient pas encore en voie d'extinction, et que ça ferait toujours ça de moins à acheter pour nourrir tous ces mômes voraces.

14

Depuis, elle a une étoile
au milieu de la langue,
là où la chair est partie.

Roman et Angélique ne restaient jamais fâchés longtemps. Il y avait entre eux une sorte d'entente particulière, même s'ils se supportaient mal et n'avaient aucun goût en commun. Un peu comme des frère et sœur, en somme. Geneviève les avait envoyés faire les courses en rentrant de la « chasse aux escargots sauvages », selon les termes de Nelson, qui, lui, avait accompagné Francis et Grégory se charger de la phase de dégorgement dans la grange. Ils iraient au Leclerc parce qu'Angélique avait une « remise employé » sur certains produits. Pendant ce temps, Geneviève préparerait la persillade, qu'elle confectionnait elle-même avec le beurre qu'elle se procurait directement à la ferme du Chat, tout comme le lait et la crème. Atalante était partie se sécher dans la salle de bains sitôt après avoir passé la porte d'entrée, échappant au regard de Roman qui préféra s'éclipser avec Angélique que d'avoir à lui faire face après son entrevue avec Geneviève.

Ils prenaient au supermarché ce qu'il n'était pas possible de se procurer chez un voisin ou un autre, à commencer par les bières de Francis. Ils savaient ce qu'ils avaient le droit d'acheter. Les lots de dix. Les promotions. Les dates de péremption prochaines. Aux yeux de Geneviève, cela avait peu d'importance, puisque, pour le cœur de l'alimentation, ils étaient les plus chanceux. Ils avaient LA VIANDE. Et pas n'importe laquelle. La viande forte et faisandée du gibier que Francis abattait tout l'automne jusqu'à en faire dégueuler la glace des deux congélateurs bahuts stockés dans la grange, à côté du local à fusils. Les armes d'un côté, les victimes de l'autre. De temps en temps, le père soulevait un couvercle et parcourait d'un regard satisfait les alignements de volailles diverses, de lièvres et de lapins, avec parfois, comble de contentement, une patte de chevreuil ou de sanglier qui pointait son sabot avec panache au milieu des carcasses de moindre valeur. Y voyait-il des trophées ou l'assurance tranquille de pouvoir nourrir sa maisonnée durant plusieurs mois ? Nul n'aurait su le dire.

Angélique avait laissé Roman faire la queue à la caisse. Elle avait volontairement évité le rayon des protections hygiéniques tant qu'il l'accompagnait, et fait mine d'avoir oublié quelque chose pour y retourner seule. Dissimulant son butin derrière un chaste paquet de biscottes premier prix que Francis tremperait dans sa Ricoré le lendemain au petit déjeuner, elle scruta l'alignement des caisses à la recherche du garçon. Elle finit par le repérer, immobile, poings serrés, à côté d'une promotion d'apéritifs sans alcool, en tête de gondole. Il avait abandonné son Caddie au milieu de l'allée, et son regard était rivé sur un homme qui se tenait de l'autre côté. Elle le rejoignit, consciente que quelque chose clochait.

— Tout va bien ?

Il ne lui répondit pas. Âgé d'une quarantaine d'années, l'homme flottait dans des vêtements mal taillés qui lui donnaient l'air abattu. Il avait les épaules tombantes et le pli un peu trop prononcé de l'ourlet de son pantalon le tassait. Face à lui, un gamin de l'âge de Nelson regardait fixement ses baskets en marmonnant. Angélique ignorait la raison de la rage que déversait à voix basse le père sur le fils, entre ses mâchoires serrées.

— J'ai pas fait exprès de m'éloigner, je savais pas que tu me cher...

Le petit garçon ne put finir sa phrase. Sous le choc de la gifle, son corps gracile fut projeté contre le rayonnage, derrière lui, que sa tête cogna dans un bruit mat. Angélique n'eut pas le temps de retenir Roman. Déjà, il s'était jeté sur l'homme qu'il empoigna par le revers de son manteau.

— Tu veux te défouler, connard ? C'est ça ? Eh ben vas-y, cogne-moi ! Allez, cogne-moi, j'te dis !

Ses cris attirèrent les regards des clients autour d'eux. La caissière resta le bras suspendu en l'air, un sachet de salade en vrac à la main. Angélique traversa l'allée et saisit fermement Roman par la manche.

— Arrête ! Tout le monde nous regarde ! Je te rappelle que je travaille ici.

D'un coup, Roman sembla reprendre ses esprits. Il relâcha l'homme d'une poussée contre son torse. À leurs pieds, tassé sur lui-même, l'enfant se frottait la tempe en les fixant avec une expression terrorisée. Angélique s'accroupit à sa hauteur.

— C'est rien, n'aie pas peur. C'est fini.

Elle l'aida à se relever, tandis que l'homme remettait de l'ordre dans sa tenue en toisant Roman d'un air mauvais. Échappant à la sollicitude d'Angélique, le petit alla se blottir contre son père qui lui passa une main dans les cheveux. Il le prit par la main, et ils s'éloignèrent vers l'autre bout du magasin sans un mot. Angélique se tourna vers Roman.

— Ça va aller ?

Elle posa prudemment une main sur son bras.

— Va dans la voiture. Le temps de payer et j'arrive.

Il préféra l'attendre dehors en fumant. Elle posa leurs achats sur le tapis roulant, implorant sa collègue de ne pas signaler l'incident à leur chef, paya et remit les courses dans le chariot. Par la vitre du magasin, elle surveillait Roman, silhouette trapue, tête basse, qui tirait frénétiquement sur le filtre de sa cigarette. Dehors, il faisait presque nuit. Elle poussa le Caddie jusqu'à la 4L de Francis et chargea le coffre sans qu'il lui jette un regard. Puis ils s'assirent en silence, portières ouvertes, moteur éteint. Roman alluma une nouvelle cigarette. Elle resta silencieuse, attendant qu'il se calme. Lorsqu'il prit la parole, il ne la regardait toujours pas.

— Je suis désolé. J'ai perdu les pédales.

Elle lui répondit que ce n'était rien, qu'il avait eu raison. Il insista :

— Tu sais bien que c'est toujours comme ça que les problèmes commencent…

— Roman, t'as rien à te reprocher. Tu l'as pas touché.

— Le gamin, t'as vu comme il me regardait ?

Il accrocha enfin son regard, désemparé. Sur le moment, elle ne sut quoi lui répondre. Dans le silence qui suivit, elle avança à tâtons.

— Il aurait pu le blesser, sa tête a cogné le rayon.

— Ça reste son père. Il lui trouvera toujours des excuses. On a longtemps trouvé des excuses au mien, avec ma mère.

Il parlait du nez, retenant la fumée et les larmes qui montaient dans sa gorge jusqu'à ce que ça le brûle, à s'en étouffer.

— Il me giflait tellement fort qu'il m'envoyait

valser contre les meubles. Moi, je pensais que c'était ma faute, que je faisais trop de conneries. Ma mère me disait de me faire oublier, de raser les murs. Elle aussi essayait de pas se faire remarquer. Et puis il a perdu son permis de conduire, après avoir roulé une fois de trop bourré. Du coup, ma mère le conduisait partout. Ça le rendait fou, de devoir compter sur elle. Un jour, elle était en train de faire un créneau. Quand elle se concentre, elle sort toujours le bout de sa langue entre ses dents, tu vois ? Il supportait pas ça. Il lui a mis un de ces coups de poing… Depuis, elle a une étoile au milieu de la langue, là où la chair est partie.

À travers la lumière pulsée des phares des voitures qui quittaient le parking, Angélique n'osait pas bouger, encore moins dire un mot.

— Quoi qu'on fasse, c'était toujours ce qu'il fallait pas. Se taire, résister, fuir… Tout ce qu'on faisait le rendait fou. Une fourchette plantée dans ma main parce que je faisais crisser mes couverts dans mon assiette, une baffe pour ma mère qui avait oublié de jeter son tampon dans la poubelle des toilettes, un matin où on était en retard pour l'école. Et puis il y a eu cette fois où il l'a balancée contre le radiateur en fonte. Je sais même plus pour quelle raison. C'était juste avant mon placement. J'ai attrapé un couteau dans la cuisine, et j'ai essayé de l'éloigner d'elle. Tu comprends, elle bougeait plus, et il continuait à lui flanquer des coups de pied. Elle était enceinte de mon frère…

Une grosse larme coula le long de son nez. Il n'arrivait plus à se retenir.

— C'est là qu'il m'a fait ça.

Il jeta son mégot par la portière, passa la main sur sa cicatrice avec ce geste qu'ils lui connaissaient tous. Seulement, aujourd'hui, il tremblait.

— C'est à cause de ça que j'ai été placé. C'est de ma faute.

Son visage s'affaissa, et il essaya de le cacher derrière ses mains. Doucement, Angélique lui tira sur le bras. Il s'effondra contre elle, pleura un long moment, à gros sanglots d'enfant qui n'arrive pas à calmer son chagrin. Lorsqu'il s'apaisa enfin, il se redressa en détournant les yeux, gêné. Elle alluma le contact.

— Ça va aller ? Il faut qu'on y aille, maman va s'inquiéter.

Puis :

— Tu as dit tout ça à Atalante ?

— Non. Elle comprendrait pas. Elle serait juste triste pour moi et je veux pas lui faire pitié. Tu dis rien, OK ?

— Ça marche.

Elle lui sourit faiblement. Il s'essuya les joues.

— Excuse-moi, Angélique. Pour ce que j'ai dit à table l'autre fois, je veux dire.

— C'est pardonné.

— Merci.

Elle lui frotta les cheveux, le décoiffant un peu. Il se dégagea gentiment.

15

L'ondulation des lumières ayant survécu
à la traversée du village
et revenant vers la salle des fêtes
au cœur de la nuit
était l'une des plus jolies choses qui soient.

Roman n'allait pas bien. Tout le monde le constatait, mais personne n'en parlait. Il était de ces enfants qui préfèrent détruire les liens qui auraient pu leur apporter un peu de bonheur. S'il était à l'origine de la rupture, alors cela ne serait pas un abandon. Il avait trop souffert pour croire que ce qu'on lui offrait dans cette famille, on ne le lui retirerait pas un jour ou l'autre. Il n'était pas loin de penser la même chose de sa relation avec Atalante. Il se mit à sécher les cours systématiquement, et Geneviève perdit le contrôle de ses fréquentations. Il y eut une première perquisition à la maison, où on trouva un sachet de cannabis derrière sa tête de lit. Il y eut aussi des épisodes de violence, et des convocations en conseil de discipline, puis chez le juge des enfants. Il s'y pliait sans états d'âme, indifférent à la situation, en apparence du moins. Les semaines passèrent et, l'été arrivant, Geneviève se tracassa de plus en plus à l'idée des deux mois d'oisiveté qui l'attendaient. Francis ne disait rien. Il le prit avec lui pour remettre de l'ordre dans les cannes à pêche, mais cela risquait de ne plus suffire. Roman accepta pourtant d'accompagner toute la famille au feu d'artifice du 14 juillet. Aucun d'eux ne pouvait savoir qu'ils n'auraient plus guère de moments de paix tous ensemble, passé cette soirée.

À leur arrivée, un groupe d'enfants munis de lampions encore éteints dépassa la 4L en courant. Leurs rires fusèrent lorsque Geneviève ouvrit la portière sur la chaleur particulièrement lourde de ce 14 juillet. Bien qu'encore clair, le ciel était en train de tourner à l'orage. L'air était électrique et, de temps à autre, une grosse mouche venait piquer un des mollets découverts qui battaient le bitume sur le parking à l'odeur de goudron fondu. La famille marcha jusqu'à la salle des fêtes, et Francis s'éloigna vers le groupe des employés et conseillers municipaux qui allaient prendre la tête du défilé de la fête nationale, suivis par les enfants avec leurs lampions illuminés – pour ceux qui ne s'éteindraient pas ou ne prendraient pas feu avant le retour à la salle des sports, d'où partait la procession. Geneviève se joignit au rassemblement en tentant de faire rentrer Nelson dans le rang. Grégory, à ses côtés, détonnait dans ce groupe de gosses qu'il dépassait de deux têtes. Mais il ne semblait pas en avoir conscience, et se pliait aux exigences de sa nourrice avec son habituelle obéissance gentille. Il arriverait à suivre ; la retraite aux lampions était une activité qui exigeait lenteur et précaution. Une fois les rangs constitués à l'angle du parking, la parade se mit en branle, les lanternes de papier multicolores s'agitant au rythme des pas encore précautionneux des enfants sous les roulements de tambour de la fanfare. Lorsqu'ils reviendraient, il ferait nuit. L'ondulation des lumières ayant survécu à la traversée du village et revenant vers la salle des fêtes au cœur de la nuit était l'une des plus jolies choses qui soient.

— Tu veux un Coca ? proposa Angélique à Atalante.

— Bonne idée.

— Viens, il y a des boissons sous la tente qu'ils ont montée près du terrain de foot.

Angélique la saisit par le coude. Elles se glissèrent sous les barrières de béton qui entouraient le stade pour éviter de faire un détour, puis attendirent leurs boissons. Sous le barnum, ça sentait la sueur et la saucisse grillée. Une fois servies, elles partirent s'installer sous les tilleuls du parc minuscule qui longeait la cour de l'école, un peu plus loin dans le bourg, au calme. C'était l'endroit où se retrouvaient les adolescents dans ce genre de soirée, pour fumer derrière le local à poubelles ou s'embrasser sur les bancs publics. Atalante s'assit sur le dossier d'un banc. Angélique s'installa en face d'elle, en bas du vieux toboggan dont la structure métallique ne risquait pas de lui cuire les cuisses à cette heure de la journée. On entendait au loin les flonflons du bal. Le début était réservé aux valses et aux tangos, à tous ces corps-à-corps que les jeunes ne prenaient plus la peine d'apprendre. Une fois que les plus âgés se seraient éclipsés, on passerait à quelque chose de plus moderne – sans jamais vraiment dépasser les années quatre-vingt.

Roman les rejoignit, accompagné d'un garçon qu'elles ne connaissaient pas. Il devait avoir à peu près le même âge que lui, mais il était plus grand. Ses muscles nerveux couraient sur des épaules encore étroites comme celles des enfants, glissées dans un débardeur de basket trop large. Le crâne tondu presque à blanc, il était vêtu d'un jogging, dont le bas tire-bouchonnait dans d'épaisses chaussettes de tennis, glissées dans les mêmes baskets blanches striées de jaune et orange que Roman avait réclamées en vain à Geneviève pendant des mois. Il ne le leur présenta pas, et ils se mirent à parler comme si elles n'étaient pas là, même si Roman, assis sur le banc entre les jambes d'Atalante, se saisissait régulièrement de sa canette pour la partager avec elle, sans même la regarder. Il sortit tranquillement de son sac de quoi se rouler un joint. Depuis quelque temps, il ne se préoccupait même plus d'être pris sur le fait. C'était moins le cas de son compagnon qui, grattant nerveusement la plaque d'eczéma qui lui dévorait le cou, oubliait d'articuler en lui parlant.

— On est trop à découvert ici, cracha-t-il en désignant le sac à dos de Roman, discrètement coincé contre le pied du banc. On devrait aller dans un coin plus tranquille, derrière les vestiaires du terrain de foot, t'en dis quoi ?

Roman accepta, ignorant la main qu'Atalante posa sur son dos pour le retenir sans en avoir l'air. Lorsqu'il se leva et saisit la lanière de son sac, elle le regarda comme s'il allait se noyer.

— Tu y vas ?

— Je reviens vite.

Il feignait la désinvolture. Elle lui répondit que ce n'était pas la peine, qu'elle ne voulait pas le voir comme ça. La colère lui blanchissait la voix. Si elle continuait à parler, elle allait fondre en larmes. Elle crispa la mâchoire pour bloquer la boule qui remontait dans son larynx, porta sa canette tiède à ses lèvres. Roman croisa le regard suppliant d'Angélique, fit mine de ne pas comprendre son injonction de rester à leurs côtés, de parler à Atalante, de ne pas s'écarter du droit chemin, d'arrêter les conneries. Il leur tourna le dos et s'éloigna. Atalante voulut croire qu'au moins, il traînait un peu les pieds.

Le silence qui suivit était poisseux. Angélique tenta d'attirer son attention, et Atalante fit un énorme effort pour l'écouter. Andy allait les rejoindre, avec des amis à eux. À son arrivée, il se lova derrière Angélique sur le toboggan, la pelotant sans gêne. Atalante ne connaissait personne dans leur groupe d'amis bien plus âgés qu'elle. Aucun ne lui parlait. Elle se tenait immobile au bord du banc, attendant que ça passe, comptant les minutes qui les sépareraient du retour de Geneviève, dont elle n'avait jamais autant souhaité la présence. Si Francis avait été là... S'ils n'avaient pas quitté le cocon malodorant des chenils... Elle voulait rentrer chez elle. Non. Elle voulait rentrer chez Geneviève et Francis. Ce soir, elle devrait partager le lit d'Angélique, comme souvent. Ses parents étaient encore absents. S'ils s'inquiétaient toujours pour elle et tenaient à ce qu'elle aille bien, ils n'avaient jamais saisi qu'elle aurait préféré qu'ils s'en assurent par eux-mêmes en passant du temps avec elle, plutôt que de confier à d'autres la tâche de la surveiller. D'ailleurs, comment pouvaient-ils croire que surveiller un enfant et lui accorder du temps revenait au même ? Trop occupée à leur en vouloir, elle ne voyait pas qu'elle-même manquait d'empathie à l'égard de Roman, lui reprochant de ne pas se confier à elle sans pour autant chercher à le comprendre. Elle ne savait pas pourquoi il se défonçait et s'était mis à boire régulièrement. Elle détestait ces excès, synonymes à ses yeux de perte de contrôle et de faiblesse. Et il la décevait, car elle se rendait compte, avec dépit, que son amour pour lui ne suffisait pas à l'apaiser.

Allongée sur son matelas moite, à côté de Francis qui ronflait comme une broyeuse de broussailles, Geneviève, parée d'une longue nuisette en satin rose aux bordures de dentelle désuète, avait rejeté les draps du lit et laissé les fenêtres ouvertes pour essayer de rafraîchir l'atmosphère brûlante de la maison. Et alors que l'aube approchait, et qu'elle avait renoncé à trouver le sommeil, après s'être tournée et retournée toute la nuit sur ce lit depuis si longtemps privé d'étreintes, se demandant où pouvait bien être Roman, qu'ils n'avaient pas retrouvé à la fin de la soirée, la foudre tomba le long de la voie ferrée, à peine deux kilomètres plus loin. Mais l'orage s'éloigna sans leur faire l'honneur de déverser sa pluie sur eux. C'était souvent le cas. Ils vivaient dans une région de sécheresse et, l'été, l'herbe grillait sous leurs pieds. Les buissons que Francis et ses collègues avaient taillés avec soin pour les éloigner des rails s'embrasèrent tels des fétus de paille. Le feu courut sur la plaine, léchant les champs mis à nu par la coupe des foins du mois de juin.

Lorsque leurs voisins d'en face se levèrent, peu de temps après, ils donnèrent l'alerte. Même si les flammes n'avaient pas atteint les habitations, tous leurs lapins étaient déjà morts asphyxiés dans leurs clapiers. Les pompiers volontaires de la commune accoururent pour tenter de maîtriser l'incendie, secondés par ceux des villages voisins. N'étant pas des pompiers de métier, peu d'entre eux avaient la force physique de tenir un tel rythme, plus habitués à gazer des nids de guêpes qu'à éteindre des feux d'une telle ampleur. Pourtant ils luttèrent sans faillir, durant plusieurs jours et plusieurs nuits, contre les flammes qui menaçaient les maisons.

Au bout de deux jours, Geneviève constata que des copeaux de cendres grisâtres flottaient dans l'air, avant de fondre au contact de l'eau dans les écuelles des chiens. Le feu se rapprochait, et tous les habitants du trottoir d'en face avaient été évacués par mesure de sécurité. Depuis le perron de la maison, elle pouvait voir les pompiers se démener dans la fumée. Francis et le Chat se trouvaient parmi eux. La plupart des employés de la mairie, y compris le chauffeur du bus scolaire, faisaient partie des effectifs des pompiers volontaires de la commune. Angélique plaisantait à moitié en disant espérer que leur haleine alcoolisée ne vienne pas attiser les flammes. Elle s'inquiétait pour son père qui, lui, priait pour que le feu s'éteigne rapidement sans traverser la route, à l'assaut de ses chiens et de ses gosses. Après quatre jours, l'incendie perdit enfin du terrain.

Lorsqu'une pluie fine se mit à tomber sur les carcasses fumantes des clôtures des prés qui s'étendaient derrière les habitations, Geneviève et les enfants entendirent depuis la véranda les acclamations des hommes s'élever dans l'air saturé de fumée. Le pire semblait être passé.

16

Le pas chaloupé d'un homme
qui aurait bientôt besoin
d'une prothèse de hanche.

Dans les jours qui suivirent, une fois éloignée la crainte du feu, les enfants finirent par remarquer les absences récurrentes de Roman. Geneviève éludait leurs questions, mais ils comprirent peu à peu qu'elle et Francis avaient perdu le contrôle de ses allées et venues. L'été se poursuivit ainsi, entre absences et silences, et l'adolescent ne fit pas sa rentrée au lycée. Les seuls rendez-vous qu'il honorait étaient ceux fixés avec sa mère et son frère, un mercredi par mois, durant deux heures, en « milieu médiatisé ». Il avait perdu le droit aux visites à domicile, quand, à l'occasion d'une nouvelle fouille, les gendarmes avaient trouvé dans sa chambre une quantité de cannabis assez importante pour justifier une première audience pénale devant le juge des enfants. Elle s'était soldée par un avertissement pour Roman, et un renforcement des contrôles des assistantes sociales, qui changeaient si souvent que personne ne prenait plus la peine de retenir leurs noms.

Atalante n'avait pas revu Roman depuis la soirée du 14 juillet, qui avait scellé leur rupture, avant de partir en vacances de son côté avec ses parents. Elle avait refusé de prendre de ses nouvelles, par fierté. La perspective de le retrouver à la maison après l'été, l'espoir de lui avoir manqué, lui firent tenir sa résolution. Mais, à son retour, il avait déserté les lieux, ou s'arrangeait pour ne pas la voir, elle ne savait pas. S'il dormait toujours dans sa famille d'accueil, c'était à peu près tout. Mortifiée, Atalante s'enferra dans sa position attentiste, préparant avec soin la petite diatribe qu'elle comptait lui lancer au visage quand ils se reverraient. Les jours passant, elle finit par s'inquiéter, mais elle n'osait pas interroger Geneviève. Lorsqu'enfin ils se croisèrent, plus de quinze jours après la rentrée, elle ne s'attendait plus à le voir. Elle arrivait de l'arrêt de bus, il s'apprêtait à partir. Son beau discours lui resta sur les bras, qu'elle envisagea un instant de lui jeter autour du cou. Lui ne la repéra pas tout de suite, le moteur de sa mobylette couvrant le bruit de ses pas. Tout d'abord, elle ne vit de lui que son dos, qui lui sembla s'être élargi et musclé pendant les deux mois de vacances. Elle resta plantée là, les bras ballants, ses jambes soudain si faibles qu'elle dut s'appuyer au portail. Il enfila son casque et ne la remarqua qu'au moment d'enfourcher son deux-roues. Il resta un instant à l'observer sans dire un mot, puis il abaissa sa visière et s'éloigna en forçant au maximum son moteur.

L'accident eut lieu quelques semaines plus tard, peu après l'ouverture de la saison de chasse. L'automne était là, mais l'été tardait à mourir, et les journées étaient encore chaudes. Atalante aidait Grégory à faire ses devoirs à la table de la salle à manger, devant la porte-fenêtre qu'ils avaient laissée grande ouverte pour laisser passer un peu d'air, en grignotant des pépites dont ils recrachaient les coques longuement suçotées dans le cendrier coquillage de Geneviève posé entre eux. Roman était absent, mais cela n'avait plus rien de surprenant. Francis était assis à sa place en bout de table où il lisait *L'Équipe*. Une fois sa lecture terminée, il replia son journal, se leva de sa chaise et s'approcha d'Atalante, qui mit quelques secondes à en prendre conscience. Il était rare qu'il lui adresse la parole. Les années le rendaient de plus en plus taciturne.

— Viens m'aider, gamine, on va donner à boire aux bêtes.

Sa demande ne souffrait aucune objection. Elle le suivit dans l'arrière-cour, laissant Geneviève guider Grégory dans ses tentatives de compréhension de ses leçons. Ils longèrent les chenils pour se rendre dans la grange, afin de récupérer les tuyaux et la pompe à eau qu'il fallait brancher sur le lavoir. Francis ouvrait la marche, avec le pas chaloupé d'un homme qui aurait bientôt besoin d'une prothèse de hanche. À son passage, les chiens se redressèrent en couinant. Il les fit taire d'un « Suffit » qui claqua jusque dans les entrailles d'Atalante. Elle l'aida à faire glisser la lourde porte en fer sur ses gonds. Face à eux, la cabane où il rangeait ses armes était ouverte. Chaîne et cadenas gisaient par terre, un mètre plus loin. À côté, bien en vue sur le sol poussiéreux, une pince coupante.

— Putain, l'enfoiré ! siffla Francis.

D'un bloc, il fit demi-tour. Atalante mit quelques secondes à réagir, hypnotisée par le mur face à elle. Les crochets sur lesquels reposait habituellement la carabine étaient vides.

Francis se trouvait déjà dans la chambre de Roman. Le temps qu'elle le rejoigne, il avait retourné le matelas et vidé le contenu de l'armoire, la renversant à moitié. Parmi les débris d'un boîtier de CD de Nirvana, un vieux lapin en peluche fatigué côtoyait un sachet d'herbe et une chaussette beigeasse roulée en boule.

— Où est-il ? hurla Francis à l'intention de Geneviève, accourue en entendant le vacarme.

Cette dernière écarquilla les yeux encore plus grand qu'à l'accoutumée, si seulement c'était possible.

— Il est allé voir sa mère, tu sais bien !

— C'est toi qui l'as amené ?

— Non, il a pris sa mobylette.

— Il est parti depuis quand ?

— Une heure environ, mais qu'est-ce qui se passe, à la fin ?

Atalante laissa Francis exposer la situation à Geneviève. Pétrifiée, elle se réfugia dans le couloir, incapable de prendre une décision sur la marche à suivre. Fallait-il prévenir quelqu'un ? Les assistantes sociales ? Sa mère ? Les gendarmes ? Sur le mur, les trophées de chasse de Francis semblaient la narguer. Une martre, en position d'alerte sur une branche d'arbre, et une tête de sanglier, dont les yeux artificiels lui rappelaient ceux des poupées avec lesquelles elle jouait quand elle était petite. Francis sortit de la chambre et s'appuya au chambranle de la porte. Son regard avait la même fixité d'animal empaillé. Il la traversa sans la voir.

— Qu'est-ce qu'on fait ? dit-elle.

Il la dévisagea, et eut comme un déclic. La môme pouvait l'aider, contrairement à sa femme dont le babillage incessant les poursuivit tandis qu'ils se précipitaient vers l'entrée.

— Geneviève ?

— Oui ?

— La ferme !

Choquée, cette dernière se renfrogna.

— Gamine, il t'a dit où il allait ?

— Non.

Un silence.

— Mais si on le trouve, j'aurai plus de chances de le ramener que toi.

— Alors tu viens avec moi.

Il se tourna vers sa femme.

— Ne nous attends pas. Appelle le centre, dis-leur qu'il est malade et qu'il n'a pas pu venir.

— Le rendez-vous était il y a une heure !

— On a oublié de les prévenir, dis que c'est notre faute. Putain ! Invente un truc, n'importe quoi ! Tu peux faire ça ?

Il saisit le porte-clefs Ricard suspendu dans une boîte à motifs d'Arlequin, et d'un geste du menton enjoignit à Atalante de le suivre dans la 4L. Au bout de l'allée, Geneviève était déjà en train de leur ouvrir le portail.

— On va où ?

— Tu te rappelles la fois où on avait cherché les chiens qui s'étaient enfuis ? C'est pareil. On va partout. On le traque, on commence par les chemins autour de la maison, et on s'éloigne petit à petit. Je roule, toi tu le guettes. C'est compris ?

— C'est compris.

Atalante se redressa sur son siège, en alerte.

— On peut ouvrir la fenêtre ? Ça pue là-dedans.

Depuis le temps que ça la démangeait de le dire.

Ils trouvèrent la mobylette de Roman abandonnée à l'endroit même où son réservoir s'était tari, balancée sans égard au milieu des orties. Francis poursuivit un moment le trajet en voiture sur le chemin truffé d'ornières qui coupait la forêt en deux. Sur le siège passager, Atalante scrutait le sous-bois, dans l'espoir d'apercevoir la veste de sport rouge de Roman se distinguer sur l'enfilade brune des troncs d'arbre.

— Arrête-toi, je vois rien. Il faut finir à pied.

Peu habitué à recevoir des ordres, Francis s'immobilisa et coupa son moteur. Ils sortirent du véhicule et s'enfoncèrent au hasard dans les bosquets. De loin en loin, Francis criait le prénom qu'elle ne l'avait jamais entendu prononcer, puisqu'il se bornait à l'appeler « gamin ». Au bout de quelques dizaines de mètres, son bras retint celui de l'adulte. Roman ne viendrait pas vers eux. Il risquait de s'enfoncer un peu plus loin dans le bois s'il se savait recherché.

— Tais-toi. J'ai peut-être une idée.

Le repaire de chasse se trouvait non loin de là. Ils regagnèrent le chemin pour étouffer le craquement des feuilles sèches sous leurs pas. Ils n'étaient pas retournés au mobil-home depuis la dernière chasse de la saison passée. Au cœur de l'été, Francis n'avait pas encore pris le temps d'aller nettoyer les lieux, envahis par les herbes au printemps. L'abri était à moitié dissimulé derrière un noisetier qui avait pris de l'ampleur, livré à lui-même.

Ils le contournèrent, et trouvèrent Roman assis sur le seuil de la caravane, toujours dans cette posture qu'il affectionnait, les avant-bras sur les genoux, la tête dans les mains. La carabine était posée à côté de lui, contre la tôle rouillée. Son canon n'était pas cassé, elle était prête à l'emploi, pour ce qu'Atalante pouvait en juger.

Il leva les yeux en la voyant. Le soulagement qui s'y inscrivit brièvement s'effaça lorsqu'il aperçut Francis.

— T'es venue avec lui.

— Roman, c'est lui qui m'a amenée, tu pensais qu'il verrait pas que tu as pris son fusil ?

Francis avança d'un pas.

— Allez viens, gamin, on rentre à la maison.

— Sans moi.

— Tu viens, et on va voir ce qu'on peut faire.

— J'ai lu la convocation.

Atalante ignorait de quoi il parlait ; Francis visiblement pas.

— On viendra avec toi, je te l'ai promis. Ça va bien se passer.

— Tu sais ce qu'a dit la juge, la dernière fois. Que c'était ma dernière chance. J'irai pas en foyer. Je vais me cacher là, me faire oublier.

— Non. Tu vas y aller. On sera là, on ira ensemble.

— Je viendrai pas. Casse-toi, Francis… S'il te plaît.

Peut-être est-ce à cause de ce dernier reste de politesse que Francis ne prit pas la mesure de la mise en garde. Il fit un pas de plus, alors Roman saisit l'arme. Atalante n'eut même pas le temps de crier. Francis se précipita. Il attrapa le jeune homme à bras-le-corps, lui fit faire volte-face et saisit son coude pour dévier le coup, qui claqua en l'air. Le recul de la carabine surprit Roman. Il s'effondra contre son père d'adoption, tandis que l'arme lui échappait des mains et allait percuter ce dernier, juste derrière son épaule.

Roman se statufia. Que ce soit parce que le coup de feu était parti juste au bord de son oreille ou sous l'effet de la sidération, plus aucun son ne lui parvenait. Lorsqu'il trouva le courage de se retourner, Francis gisait étendu par terre, Atalante agenouillée près de lui. Avec le recul, la crosse du fusil lui avait percuté l'orbite de l'œil droit, qui avait éclaté sous la violence du choc. Roman finit par comprendre ce qu'Atalante lui hurlait à travers ses larmes :

— Il faut prévenir les secours !

Il était d'accord, mais il était incapable de bouger, encore moins de s'approcher du blessé.

— Roman, il lui faut des soins, aide-moi à le transporter jusqu'à la voiture. Maintenant !

Il s'appuya sur la caravane, se pencha en avant, et se mit à vomir.

17

Mais c'est qui ces gens, pour toi, en fait ?

La pièce dans laquelle on fit entrer Atalante était étroite, encombrée par deux bureaux et une armoire en formica beige. Les murs étaient beige clair, le mobilier beige moyen, le carrelage beige foncé. Seul le tissu des chaises était bleu marine. Choix qui la laissa perplexe, compte tenu de la propreté toute relative des postérieurs qui devaient s'y succéder à longueur de journée. Elle se posa sur le bord de celle que lui désigna le gendarme du menton, ses mains occupées à fouiller dans une pile de feuilles qu'il avait rapportée du bureau voisin. Pendant qu'il allumait l'énorme machine à écrire électrique qui occupait une bonne moitié de son bureau, elle détailla le poster punaisé au mur derrière lui. C'était une affiche de film. Un homme à chapeau noir dessiné de dos basculait dans un tourbillon crayonné grossièrement en blanc, sur fond rouge. Il tenait par le bras une femme, qui chutait avec lui. Elle aussi était représentée de dos, seule sa silhouette était esquissée. En lettres épaisses, le titre d'un film d'Alfred Hitchcock, *Sueurs froides*. Atalante n'avait jamais vu ce film, mais l'image la troubla. L'homme essayait-il de faire basculer la femme dans le tourbillon, ou de la retenir ? Était-ce elle qui l'entraînait dans sa chute ?

— Tu veux boire un verre d'eau ? Ou ça va aller ? lui demanda le gendarme.

Elle accepta le verre d'eau avec gratitude. Il se rendit dans le couloir et revint avec un gobelet en plastique qu'il déposa devant elle. Elle vida son contenu d'un trait. L'eau avait un goût de plâtre.

Le gendarme s'assit en face d'elle pour prendre son témoignage. Depuis le début, il se montrait prévenant avec elle. Il l'avait avertie que son père allait bientôt arriver, lui avait demandé si elle préférait l'attendre pour répondre à ses questions. Elle avait refusé, soulagée au contraire que ce dernier n'assiste pas à la scène. L'interrogatoire dura longtemps, ponctué de longues pauses durant lesquelles le gendarme retranscrivait ses propos en tapant avec l'index de la main gauche et le majeur de la droite sur le clavier de sa machine. Il ne l'interrogea pas tout de suite sur les faits.

— Rappelle-moi ton âge ?

— Seize ans.

— Tu serais pas un peu grande pour avoir une nounou ?

Il l'agaçait.

— Mes parents sont pas souvent à la maison. Ils veulent qu'on me surveille.

Il rit.

— Ils ont mal choisi tes gardiens !

Puis il lui demanda de détailler ce qui s'était produit tel qu'elle l'avait vécu, l'interrompant pour lui faire répéter ses propos, encore et encore. Elle insista sur l'aspect accidentel des faits, craignant qu'il ne la croie pas. À plusieurs reprises, sa bouche eut une mimique dubitative. Puis il cessa de taper et leva la tête vers elle.

— C'est ton petit copain, c'est ça ?

Son sourire était sarcastique. Elle lui répondit que non.

— Vraiment ? Alors pourquoi tu essaies à ce point de le couvrir ?

— J'essaie pas de le couvrir, je vous dis la vérité ! Francis a voulu prendre la carabine des mains de Roman et le coup est parti tout seul, dans le vide. Roman sait pas se servir d'une arme, il a pas pu le retenir. Avec le recul, Francis s'est pris l'arrière de l'arme… je sais plus comment on dit… en plein dans l'œil.

— Il ne sait pas se servir d'une arme, selon toi ?

Sa remarque la glaça. Sans la quitter des yeux, le gendarme saisit la pile de feuilles qu'il avait posée sur le coin de son bureau à son arrivée.

— Je ne suis pas certain que tu connaisses vraiment ton petit copain.

— C'est pas mon petit copain.

— Ou peut-être que ça ne l'est plus ? Quoi qu'il en soit, je suis sûr que tu es sincère quand tu me dis que pour toi c'était un accident, et qu'il ne sait pas se servir d'une arme. L'ennui, c'est qu'il l'a déjà fait.

— Vous mentez !

Elle s'en voulut d'avoir crié. Elle perdait son calme, les larmes lui montaient aux yeux. Elle vit dans le regard du gendarme qu'il avait pitié d'elle et elle s'en voulut encore plus. Il déposa devant elle une liasse de feuilles.

— Tu peux regarder, si tu ne me crois pas. Je suis allé vérifier dans nos fichiers le casier judiciaire de ton copain. Détention et usage de stupéfiants, vol, recel de vol, vol avec menace d'une arme... Depuis six mois, c'est allé de plus en plus loin. Depuis qu'il a été exclu de son dernier lycée, il s'est mis à traîner avec un petit groupe qui nous occupe pas mal depuis quelque temps. Le soir du 14 juillet, ils sont allés braquer un tabac-journaux avec un pistolet factice et un cric. Le pépé qui tient la boutique a failli faire une attaque, il a dû être hospitalisé. L'audience du juge des enfants est fixée à la semaine prochaine. Il risque fort de partir en détention. J'imagine que tu n'étais pas au courant de tout ça ?

Elle secoua la tête, atterrée. C'était donc ça, la

convocation dont Roman avait parlé à Francis juste avant l'accident, la raison de sa fuite. Elle reprit la parole :

— Je vous ai dit tout ce que je savais. Vous pouvez interroger Francis, il vous confirmera que c'est la vérité.

— Pour le moment, il est en soins intensifs. Ils essaient de sauver son œil. Mais nous l'interrogerons dès que nous pourrons. Et au besoin, nous t'entendrons à nouveau.

Après avoir quitté la pièce, elle dut s'asseoir à l'accueil en attendant l'arrivée de ses parents. Ses mains tremblaient. Elle les cala entre ses genoux, mais le tremblement persista, agitant ses épaules. Elle pensait à la dernière question que lui avait posée le gendarme avant de la laisser partir.

« Mais c'est qui ces gens, pour toi, en fait ? »

Elle n'avait pas su quoi répondre.

18

Est-ce le signe de la décrépitude,
ce curieux réflexe de s'asseoir à la fenêtre
pour regarder la vie
qui suit son cours au-dehors ?

Roman resta au domicile de Geneviève et Francis le temps qu'une place se libère au sein du centre de détention pour mineurs. C'est Francis qui l'avait demandé au juge, comme l'expliqua Angélique à Atalante lorsque cette dernière téléphona pour prendre des nouvelles. De toute façon, sa mère ne pouvait pas l'héberger, son père s'était vu retirer l'autorité parentale depuis le placement, et il n'y avait pas de place libre en foyer pour l'accueillir au pied levé : il fallait bien qu'il aille quelque part. Pour appuyer sa demande, Francis avait soutenu la thèse de l'accident, se reprochant la présence des armes, qui, pour l'instant, étaient toujours sous scellés à la gendarmerie. Angélique raconta à Atalante le départ de Nelson et de Grégory, évacués de la maison quelques jours auparavant. Nelson avait piqué une crise de nerfs, on avait eu du mal à le maîtriser. Tandis qu'il mobilisait l'attention de Geneviève et des assistantes sociales, Grégory était parti se cacher dans une des niches des chiens. Quand on avait fini par le retrouver, il était couvert d'excréments, et avait dû embaumer la voiture de ses chauffeurs, qui n'avaient pas pris le temps de le changer de peur sans doute qu'il ne tente de s'enfuir ou que Nelson fasse une nouvelle crise. Rentré de l'hôpital la veille, Francis, prostré dans un fauteuil à l'angle de la baie vitrée du salon, n'était pas venu leur dire au revoir. Mais il ne les avait pas quittés du regard pendant que les enfants montaient dans la voiture en pleurant et en criant son nom. Une grosse larme avait coulé de son œil valide jusque dans les poils de sa barbe quand ils avaient disparu dans le virage qui contournait la ferme du Chat.

Atalante avait pu lui rendre visite quelques jours plus tard. Physiquement, il allait plutôt bien. Il n'avait pas complètement perdu l'usage de son œil, mais sa vue était si atteinte qu'il ne pourrait plus jamais chasser. Ce fut la première chose que Geneviève lui annonça en l'accueillant. Atalante le trouva dans son fauteuil, son œil gauche fixé sur la rue, le droit encore recouvert d'un gros bandage.

Est-ce le signe de la décrépitude, ce curieux réflexe de s'asseoir à la fenêtre pour regarder la vie qui suit son cours au-dehors ? Tant que l'adolescente resta dans la pièce, Francis demeura bloqué sur les scènes qui se jouaient sous ses yeux : la camionnette du boulanger de la ville voisine redescendant vers son magasin, sa tournée achevée ; le Chat revenant de la forêt, dont il commençait à rapatrier un chargement de plusieurs stères de bois pour l'hiver sur l'énorme remorque attelée à son Trafic ; une voisine qui promenait son chien. Elle s'arrêta au portail et leur fit un signe de la main. Geneviève sortit lui faire la conversation un moment, mais Francis ne lui rendit pas son geste. Il avait horreur de voir des chiens en laisse. Atalante eut de la peine pour lui. Il ignorait encore quand il pourrait reprendre son travail d'employé municipal. Dans cette attente, il était coincé ici, sous la sollicitude envahissante de sa femme, d'autant qu'il avait interdiction de s'approcher des chiens durant plusieurs semaines afin d'éviter tout risque d'infection.

Le regard de la jeune fille, rivé sur l'extérieur par mimétisme avec Francis, perçut un mouvement à l'angle de la maison. Elle prit congé et se hâta vers la porte afin de suivre Roman qui sortait donner à manger aux bêtes. Sur le trajet vers les chenils, elle sentait l'œil gauche de Francis posé sur elle depuis son observatoire derrière la baie vitrée. Elle fut soulagée de passer à l'arrière. Roman ne l'avait pas vue. Il se dirigeait lentement vers la grange, balançant l'un des grands seaux en plastique blanc de Francis contre sa jambe.

— Roman ?

Il sursauta et se retourna.

— Qu'est-ce que tu fais là ?

— Je suis venue rendre visite à Francis. Et puis… je voulais te voir avant ton départ.

La dernière fois qu'ils s'étaient tenus ici, ils supportaient chacun le poids du père, paniqués. Atalante avait dû ramener la voiture, Francis couché sur la banquette arrière, sa veste comprimée sur l'œil, Roman prostré sur le siège passager. N'ayant pas le permis de conduire, elle avait pris les chemins de terre, calant tous les dix mètres.

Elle avait fini par garer la voiture derrière les cages des chiens, et ils avaient parcouru les derniers mètres à pied. C'est elle qui avait fait le tour de la maison pour aller prévenir Geneviève, qui les guettait par la fenêtre de la cuisine, sur l'avant. Atalante n'oublierait jamais le hurlement d'animal blessé que sa nounou avait poussé lorsqu'elle l'avait informée de l'accident de son mari, sa course folle pour le rejoindre. À l'arrivée des secours, dans un sursaut de professionnalisme, Geneviève avait pensé à demander à ses deux grands de prendre en charge les plus petits en attendant le retour d'Angélique du travail, avant de monter dans le camion des pompiers avec Francis. Les gendarmes les avaient cueillis dans la soirée. Atalante et Angélique venaient de finir de coucher les enfants, et elles étaient assises avec Roman sur les marches de l'entrée, la caniche et la bobtail à leurs pieds, tous attendant anxieusement que Geneviève leur donne des nouvelles. Atalante n'avait pas revu les occupants de la maison depuis ce jour-là, le contrat d'accueil ayant été rompu le soir même par ses parents.

— Tu pars bientôt ?
— Dans huit jours.
— Si tôt ?
— C'est déjà une chance que j'aie pu rester ici jusque-là... S'il y avait eu de la place, la juge m'aurait fait admettre le jour même de l'audience.
— Francis sait que c'était un accident.
— Lui oui, mais la juge le croit pas... Et de toute façon, j'avais rien à faire avec cette arme.

Francis s'était rendu à l'audience du juge des enfants, son pansement sur l'œil. Il avait pris la parole pour soutenir « son » gamin, mais le dossier était trop difficile à défendre, et ses mots étaient tombés dans le vide. L'éloquence n'était pas le fort de cette famille, et il en aurait fallu des wagons pour convaincre la justice que Roman pouvait encore se reprendre et que sa famille d'accueil avait les ressources suffisantes pour l'y aider. Par précaution, on avait fait un lot de groupe en leur retirant aussi les petits. De son côté, après avoir rejeté de toutes ses forces cette famille et cette maison, Roman souhaitait y rester, mais il était trop tard. La juge des enfants avait épuisé toutes les mesures possibles permettant d'éviter la détention, il n'y avait plus d'alternative.

Il se tut.

Autour d'eux, les chiens s'énervaient de voir le seau vide se balancer inutilement.

— Tu peux m'attendre une minute ? Je finis juste de les nourrir.

Elle lui dit qu'elle avait tout son temps. Elle voulait profiter de ce moment, parce qu'elle se doutait qu'elle ne le reverrait pas avant longtemps.

Tandis qu'il évoluait entre les cages, s'adressant à voix basse aux bêtes qui se pressaient contre lui, Atalante remonta le chemin en direction de l'étang. Il faisait encore bon, même si l'automne commençait à ternir le vert des arbres. Elle marchait lentement, observant les rayons du soleil jouer avec la poussière de l'air. Roman la rejoignit au pas de course. Elle ne se retourna pas. Elle ne savait pas quoi lui dire, elle avait peur de le blesser. Comment pouvait-il se sentir à l'idée de l'enfermement qui l'attendait ? Il ralentit en arrivant à sa hauteur, et ils cheminèrent quelques instants en silence.

— J'espérais tellement te voir avant mon départ, finit-il par souffler.

Ils avançaient côte à côte dans les ornières du chemin, sans hâte, comme pour retenir le temps. Elle lui dit qu'elle n'aurait pas pu le laisser partir sans lui dire au revoir, et qu'il était très con, aussi. Qu'il avait vraiment déconné, cette fois. Il lui répondit que ça, il le savait. Il se tut, puis reprit :

— Mon petit frère va être placé.

— Pourquoi ?

— Ma mère arrive pas à s'occuper de lui, il a des problèmes de santé, des problèmes de comportement. Il a… du retard. Je pensais qu'il s'en sortirait mieux que moi, qu'au moins l'un de nous deux allait avoir une vie un peu normale.

— Geneviève ne pourrait pas l'accueillir ?

— Ils lui confieront plus d'enfants. Ils lui ont déjà enlevé les petits… Et puis elle va devoir s'occuper de Francis, le temps qu'il aille mieux. Putain, qu'est-ce que je lui ai fait ? J'ai foutu sa vie en l'air !

Sa bouche se déforma tandis qu'il tentait en vain de retenir ses larmes. Atalante aurait voulu lui dire que ça irait, qu'il allait s'en sortir, que son frère serait placé dans une famille qui saurait s'occuper de lui, que Nelson et Grégory aussi s'en remettraient. Mais elle n'en savait rien. Alors elle lui prit la main et la serra très fort.

Il s'essuya le visage.

— Pardon, Talou. Pardon pour tout ce que j'ai fait.

Ils étaient arrivés au bord de l'étang. De temps à autre, un poisson venait gober un moustique à la surface, troublant l'eau tranquille d'un remous éphémère. Ils s'assirent sur la berge. Atalante se rapprocha de Roman et lui entoura la taille, posa sa tête sur son épaule. Il lui dit que Geneviève était en colère, qu'elle ne lui pardonnerait jamais. Elle lui répondit que ça lui passerait, bientôt, qu'elle savait au fond d'elle que c'était un accident.

— Je pense pas. Mais au moins, ça rend le départ plus facile. Ce que tu es en train de faire, par contre, ça facilite pas les choses.

— Ça, tu veux dire ?

Elle déposa un baiser sur sa joue.

— Ou ça ?

Elle en posa un deuxième sur le coin de sa bouche. Lentement, il tourna la tête et lui offrit ses lèvres. Elles étaient un peu molles, comme s'il allait de nouveau pleurer.

Ils restèrent là longtemps, serrés l'un contre l'autre. Puis il fallut rentrer.

Ils savaient tous les deux qu'ils ne reviendraient pas ici.

III

SUR LE TERRAIN DE CHASSE

19

Geneviève était une mère
qui ne parvenait pas à garder
ses petits près d'elle.

La clinique vétérinaire du docteur Hubert se trouvait dans le creux d'une patte-d'oie qui, d'un côté, menait au village voisin, de l'autre, se terminait en cul-de-sac. Elle était entourée d'un grand mur d'enceinte en pierre, permettant aux animaux en convalescence de s'ébattre librement dans le jardin de la propriété lorsqu'ils commençaient à aller mieux. La salle de consultation occupait tout le rez-de-chaussée. Par la fenêtre de la salle d'attente, on pouvait apercevoir une chèvre sautiller entre deux énormes Airedale terriers allongés sur la pelouse. C'étaient les chiens du vétérinaire. Ladite salle d'attente, dans laquelle était assise Angélique, avait été aménagée dans l'ancienne cuisine. Dans un angle, un lavabo en porcelaine restait suspendu au mur, surmonté d'un porte-savon incrusté dans la cloison. De retour de sa tournée, le vétérinaire s'y rendit pour se désinfecter longuement les mains, jusqu'aux avant-bras. Il reconnut la fille de Francis et, lorsqu'il eut fini, vint la saluer. Il avait de larges mains, tout comme son torse perché sur de courtes jambes très arquées. Quand il se rendait chez eux, avant que l'aînée de la maison s'en aille se marier, c'était encore un jeune vétérinaire qui venait de prendre la suite de son prédécesseur parti à la retraite. Cela remontait déjà à une bonne dizaine d'années… Il frôlait aujourd'hui la quarantaine.

— La petite Angélique ! répéta-t-il plusieurs fois en lui serrant le gras de l'épaule.

Il portait la même polaire noire informe recouverte de poils divers que Francis pour s'occuper de ses bêtes. Il sentait le foin et le cheval.

— Qu'est-ce qui t'amène ici ?

— Je suis venue chercher la commande de croquettes pour les chiens de mon père.

— Ce n'est pas ta mère qui s'en charge d'habitude ?

Elle lui répondit que si, mais que sa mère lui avait demandé de se rendre utile, puisqu'elle était revenue à la maison, le temps de se retourner après son divorce. Il lui dit qu'il était désolé d'apprendre ça, et elle lui fit comprendre que ce n'était pas un sujet prêtant à la désolation, bien au contraire.

Elle ne se confia pas davantage, et il ne posa pas de questions.

Tout en parlant, il la raccompagna à sa voiture, la soulageant de l'énorme carton contenant la réserve de croquettes qu'il l'aida à charger dans le coffre de la vieille 4L.

— Tu passeras le bonjour à tes parents.

— Ça sera fait.

Le vétérinaire avait connu Angélique plus loquace. Elle s'était étiolée. Ses longs cheveux étaient désormais coupés dans un carré triste, zébré de mèches trop nettement décolorées. Elle avait toujours ce beau sourire franc, mais il était désormais teinté de cynisme. Elle avait l'air si lasse. Elle sembla hésiter au moment de monter dans la voiture, puis se tourna vers lui :

— Passez à la maison, à l'occasion. L'une des chiennes n'est pas en forme depuis quelques jours, et mon père attend toujours la dernière minute pour vous appeler...

— Pas de problème. Je dois aller surveiller la gestation d'une des vaches du Chat, dans la semaine. Je ferai un crochet par chez vous.

— Merci. Ne lui dites pas que ça vient de moi, s'il vous plaît... Il le prendrait mal.

— Je ne l'aurais pas fait.

Il lui sourit d'un air entendu. Elle parut soulagée et redressa son dos voûté. Elle était touchante, dans l'informe gilet grisâtre qui lui arrivait presque aux genoux et dont elle resserrait les pans autour d'elle comme si elle ne parvenait pas à se réchauffer alors qu'on était fin juin, même s'il était encore tôt. Il eut envie de la prendre dans ses bras, qu'elle puisse y rester, s'y reposer un peu.

— Tu as bien fait de revenir chez toi, lui glissa-t-il par la vitre entrouverte lorsqu'elle fut installée au volant.

Elle lui sourit. Ça, elle le savait. Elle était rentrée au refuge.

Plus tard dans la journée, le docteur Hubert poussa le portail grinçant. Il avait avancé sa visite chez le Chat afin de se donner un prétexte pour passer dans le voisinage. La maison n'avait guère changé. La haie était un peu plus négligée, et les aboiements se firent plus discrets sur le trajet jusqu'à la porte d'entrée où Geneviève l'attendait pour l'accompagner au chevet de la chienne malade. Les racines de ses cheveux avaient blanchi, traçant une démarcation rose avant le violet éclatant de ses frisettes. Elle avait encore maigri, et ses dents avaient noirci. Il lui manquait une incisive du côté droit, qu'elle n'avait pas pris la peine de remplacer. Elle portait son éternel poncho mauve pâle. Mais la main qu'il serra était toujours énergique. Elle lui tint la chienne tandis qu'il l'examinait. Sa force n'avait pas faibli.

— Elle ne mange rien, ces temps-ci, indiqua-t-elle.

— En effet, sa gorge est gonflée. Je pense qu'elle

a dû avaler une guêpe. Elle est gênée pour respirer. Ça dure depuis combien de temps, cette affaire ?

Geneviève haussa les épaules.

— Ça fait bien quelques jours.

— Vous avez eu de la chance qu'elle n'y soit pas restée.

La chienne était vieille, mais elle avait tenu le coup. L'enflure de la piqûre n'avait pas entièrement bouché sa trachée, et elle avait survécu. À ce stade, le pire était passé, et il n'y avait pas grand-chose que le vétérinaire puisse faire pour elle, à part la surveiller dans les jours qui viendraient, afin de s'assurer que le gonflement se résorbait bien, que la plaie de la trachée ne s'enflammait pas et qu'elle recommençait à se nourrir normalement.

— J'avais bien dit à Angélique que ce n'était pas la peine de te faire venir pour si peu.

— Je passais dans le coin…

— Si tu le dis !

Il lui indiqua qu'il ne ferait pas payer sa visite, puisqu'il était venu de sa propre initiative. Elle renifla, de l'air de ceux à qui on ne la fait plus.

Une fois l'examen terminé, elle lui proposa d'entrer prendre un café. Les relents de cigarette et de nourriture étaient toujours prégnants, mais l'odeur de chien s'était estompée. Ce qui, ailleurs, aurait été salué comme une nette amélioration était ici le signe du déclin le plus flagrant. Les chiennes de la maison étaient mortes quelques hivers auparavant.

D'abord la caniche, de vieillesse, puis la bobtail, qui s'était laissée mourir de chagrin dans les semaines qui avaient suivi. Ils n'avaient pas souhaité les remplacer.

— Francis ne va pas tarder, il est parti récupérer des caisses hermétiques à la pharmacie pour stocker la nourriture des chiens. On est envahis par les souris, en ce moment.

Elle l'installa dans la salle à manger et déposa une tasse d'un café clair sur la toile cirée, dont les motifs étaient presque entièrement effacés. Il le noya dans le lait qu'elle avait également apporté, et y déposa plusieurs cubes de sucre pour finir d'en effacer le goût qui, sinon, lui pèserait sur l'estomac toute la soirée. Geneviève se taisait. Une vague odeur de liqueur émanait d'elle.

— Angélique n'est pas là ?

— Elle est allée récupérer ses filles à l'arrêt de bus. Elles rentrent de l'école.

Geneviève avait pris sa retraite depuis peu, et n'accompagnait plus le car scolaire dans sa tournée du soir.

— Et comment va Francis ?

— Tu n'as qu'à lui demander toi-même.

La 4L venait de s'arrêter devant la grille qui ouvrait sur l'arrière de la propriété. Le docteur Hubert vit un vieillard s'en extraire pour aller ouvrir le portail. Francis avait encore épaissi. L'arrêt de la chasse lui avait retiré le peu d'exercice qu'il faisait. Il marchait d'un pas lourd et résigné. Il n'avait toujours pas dû se faire opérer de la hanche. Le regarder tirer sur son pantalon pour remonter sa jambe gauche dans la voiture était pénible. C'était à se demander comment il pouvait encore conduire.

— Je vais aller lui donner la main.

Le vétérinaire vida sa tasse et sortit de la maison. Dehors, il inspira à fond, histoire de se rincer les poumons. Le Chat avait dû faire les foins. Ça sentait la poussière et l'odeur acidulée de l'herbe coupée. La lumière du jour lui faisait mal aux yeux après la pénombre qui régnait à l'intérieur. Francis s'était rendu directement vers ses bêtes. Il était en train de décharger des caisses en plastique. Il salua le visiteur d'un geste de la main, sans s'interrompre pour autant.

— Laisse-moi t'aider.

— Va donner de l'eau aux chiens, si tu veux te rendre utile.

Sans broncher, le docteur Hubert se saisit du vieux seau en plastique blanc dont l'un des bords était arraché et se dirigea vers le chenil tout proche, le dernier encore occupé. Il s'avança au milieu des trois bêtes qui restaient, renversa la bassine d'eau usagée sur les déjections qui salissaient le sol, afin de les évacuer par le trou creusé dans le mur du fond. Il balaya un peu la terre avec le balai à crins qui reposait contre la porte. Les chiens, vautrés par terre, ne bronchèrent pas. Ce n'était pas encore l'heure du repas, ils le savaient.

Puis il remplit le bac avec l'eau fraîche de son seau. À sa satisfaction, la chienne qu'il avait soignée plus tôt approcha. Elle parvint à garder un peu de l'eau qu'elle lapait. Il retourna vers Francis.

— Tes trois chiens, tu les fais toujours chasser ?

— Ouais, c'est le Chat qui s'en occupe.

— Pardon ?

— Je sais. Mais je n'ai pas trouvé d'autre solution dans le voisinage.

Le vétérinaire n'insista pas. Francis finit d'empiler la dernière caisse. Le docteur Hubert le suivit pour ranger le seau vide suspendu à son coude. En face d'eux, la cabane qui abritait les fusils avait été détruite mais ses fondations étaient encore visibles. Il l'aida en silence à fermer les portes de la grange, et le raccompagna jusqu'à la maison en calant son pas souple sur la claudication de son vieux client.

— Et des enfants, vous n'avez jamais voulu essayer d'en accueillir à nouveau ?

— Non, Geneviève n'a pas eu la force de faire les démarches pour récupérer son agrément. De toute façon, ils finissaient toujours par partir.

— Angélique est revenue, elle.

Francis eut un hoquet désabusé.

— Pas par choix ! Elle a amené ses gamines avec elle, pour que sa mère l'aide à s'en occuper, le temps qu'elle s'organise. Le père est dans l'armée, il n'est pas souvent là. Tu te rappelles de lui ? Andy. Elle l'a rencontré quand elle travaillait au Leclerc, avant qu'elle se fasse embaucher comme secrétaire de mairie. Elle aurait mieux fait de garder sa place plutôt que de le suivre dans le Nord, si tu veux mon avis. Il est entré dans l'armée parce qu'il n'y a que là qu'on a bien voulu le prendre. Un type pas très intéressant.

Tout était dans le non-dit.

— Ça va vous faire drôle, après toutes ces années !

— Ça va faire du bien à Geneviève, le temps que ça durera. Et après, ça sera peut-être encore pire.

Geneviève était une mère qui ne parvenait pas à garder ses petits près d'elle. Et c'était en train de la tuer.

— Et toi, comment tu gères la situation ?

— Moi, tant qu'il me restera des chiens…

20

Faut croire que l'alcool,
ça désinfecte pas si bien que ça !

Le feu d'artifice du 15 août était tiré depuis la berge de la rivière qui traçait une frontière naturelle entre la commune où vivaient Geneviève et Francis et la bourgade voisine. Un grand méchoui y réunissait les villages environnants. Dans les jours qui précédaient la soirée, quelques sapeurs-pompiers volontaires venaient sécuriser les lieux et préparer les brasiers sur lesquels seraient installées les broches le matin de la fête de l'Assomption, puis les moutons fournis par un agriculteur du coin, plus tard dans la journée. Les festivités s'organisaient autour du terrain de pétanque, transformé pour l'occasion en piste de danse et entouré de guirlandes de guinguette accrochées aux projecteurs grâce auxquels les boulistes poursuivraient leurs parties tard dans la nuit. On avait retiré les tessons de bouteilles et les capsules de bière qui jonchaient le terrain et ses bordures le reste de l'année afin de permettre aux riverains d'y étendre leurs couvertures en toute sécurité. Il fallait arriver tôt pour avoir les meilleures places, car les berges étaient étroites et les spectateurs nombreux, puisqu'il s'agissait de l'unique feu d'artifice à des kilomètres à la ronde. En attendant que le mouton cuise, des sandwichs à la saucisse étaient proposés sous le grand barnum tendu au bord du terrain, accompagnés de bière tiède, de vin ou de sangria.

Le village n'étant desservi par aucun transport en commun, en dehors du vieux car de ramassage scolaire toujours en fonction, le docteur Hubert avait proposé à Angélique de la conduire à la fête avec ses filles. Même s'il y avait bien longtemps que Geneviève et Francis ne participaient plus à ce genre de réjouissances, Angélique avait préféré ne pas leur emprunter la 4L, qui restait le seul véhicule de la maison, au cas où ils en auraient eu besoin. Et puis, elle avait un peu honte de se rendre à son rendez-vous dans cette vieille caisse, surtout que personne n'osait demander à Francis d'en retirer la cage des chiens, bien qu'elle ne serve plus depuis des années.

Pour accéder au terrain de pétanque, il fallait descendre les marches de pierre étroites du pont qui reliait les berges d'un village à l'autre. L'été, la sécheresse était telle que de larges bancs de sable affleuraient au centre de la rivière scindée en deux par endroits pour les contourner, dans un écoulement poussif. Ils allèrent installer leur couverture dans un coin un peu isolé, contre un arbre qui se penchait sur l'eau tel un gros lézard, ses lourdes branches attirées par la gravité contre laquelle ses racines ne parvenaient pas à lutter dans ce terrain sablonneux. Autour d'eux, les gens se rassemblaient par familles, ou entre amis. Beaucoup avaient apporté des glacières pour éviter de succomber aux tentations onéreuses du marchand de glaces et de rafraîchissements, qui allait et venait le long de la berge, la tête, le cou et les bras ceints de bracelets fluorescents dont les couleurs s'éteindraient dès le lendemain matin. L'air charriait une forte odeur de citronnelle visant à éloigner les moustiques qui pullulaient au bord de l'eau. Sous un ciel vierge de tout nuage, l'étendue d'eau, à leurs pieds, infusait la chaleur et la sécheresse du mois d'août, répandant une fraîcheur bienvenue dans l'air ambiant.

Ils s'étaient vus à plusieurs reprises, dans le courant de l'été. Le vétérinaire avait rarement autant rendu visite à un animal dont l'état de santé ne nécessitait aucun soin. Angélique avait mis un peu de temps à s'apercevoir de son manège ; elle n'avait plus l'habitude de la drague. L'âge leur avait fait perdre en romantisme et gagner en gaucherie, mais ils avaient fini par s'accorder sur la marche à suivre, et prenaient le temps d'apprendre à se connaître autrement qu'ils ne l'avaient fait jusqu'à présent. C'était la première fois qu'ils se voyaient ailleurs qu'à la maison ou à la clinique. Mais il y avait les filles, Inès et Chloé, quatre et six ans, qui donnaient un peu de tenue à ce rencard d'adolescents. Il lui avoua qu'il n'était jamais venu regarder le feu d'artifice, pourtant il vivait ici depuis longtemps maintenant.

— Et plus jeune vous ne faisiez pas ça, avec vos amis ?

Il rit de son air ahuri.

— Et toi ?

— Chaque année ! Il n'y avait pas beaucoup d'animation dans le coin, j'allais pas louper ça ! On venait tous, même Roman… Même s'il faisait semblant de pas en avoir envie !

Ce souvenir la fit sourire.

— Le meilleur, c'était d'avoir le droit de ne pas rester avec les adultes, de ne pas être surveillés… Je ne sais pas si je laisserais mes filles faire pareil, on était vraiment jeunes, les premières années.

— Et plus tard, vous avez continué à venir ?

— Bien sûr, c'était même encore mieux, avec l'âge…

Il lui demanda ce qu'elle faisait, alors. Elle lui dit : comme tout le monde. Il rit encore. Il la regardait, puis baissait les yeux, puis la cherchait à nouveau du regard. Elle glissa de ses doigts ronds une mèche fine derrière son oreille, avec coquetterie. Elle ne s'habituait pas à ses cheveux courts, qui ne tenaient pas longtemps en position rangée, et revenaient très vite balayer son visage. C'était la vieille rengaine, toujours. Si je fais un pas, est-ce que tu me suis ? Je continue, alors... Pendant ce temps, les fillettes allaient et venaient, rapportant à leurs pieds les trésors qu'elles trouvaient dans les plis de la berge : cailloux, bois flotté un peu moche, et même, trouvaille rare et merveilleuse, du charbon né d'un récent feu de camp, qui traçait d'incroyables histoires sur le tronc de l'arbre au pied duquel les deux adultes se racontaient des choses dont elles ignoraient qu'elles présageaient peut-être les contours de leur futur proche. Puis, se lassant de ce jeu, elles les laissèrent à nouveau seuls et partirent s'essayer à pêcher de la friture dans des fonds de bouteilles en plastique, plus bas sur la rive, avec d'autres gamins de l'école qu'elles avaient retrouvés au bord de l'eau.

— Je vais aller chercher de quoi manger, finit par dire le vétérinaire, après un silence qu'il ne savait pas comment rompre. Je te rapporte quelque chose ?

— Je prendrai comme vous.

— Comme toi, corrigea-t-il.

Il se glissa sous le barnum. Angélique le vit héler le Chat pour qu'il lui prépare des barquettes de frites. Elle pouvait entendre leur conversation.

— Qu'est-il arrivé à ton doigt ?

En saisissant l'une des barquettes, le docteur Hubert avait remarqué l'énorme pansement sale qui soulignait l'absence de l'index gauche du vieux paysan.

— Oh, ça ? J'ai chopé une saloperie en faisant du bois. Je me suis entaillé avec un sécateur, et le médecin a dit que j'aurais dû nettoyer la plaie tous les jours pour éviter que ça s'infecte. Mais bon, il fallait bien que j'abatte ces arbres. Quand j'ai enlevé le pansement, c'était pas beau à voir ! Il a fallu couper le doigt.

Il rit.

— Faut croire que l'alcool, ça désinfecte pas si bien que ça !

— Quand on le boit au lieu de s'en servir pour nettoyer la plaie, c'est sûr que c'est moins efficace. Tu ferais bien de changer ce pansement, sinon tu vas finir par y laisser la main.

Le Chat eut un geste fataliste et se tourna vers les autres personnes dans la file. Le vétérinaire s'éloigna, ses barquettes de frites à la main. S'il avait pu le raisonner, ça se serait su.

Revenu au côté d'Angélique sur la couverture de pique-nique, il rassembla tout son courage et la pria de l'appeler Étienne. La piste de danse était à présent occupée par les couples qui évoluaient sous le halo des moustiques agglutinés autour des guirlandes lumineuses. Des échos de voix éclataient à l'autre bout de la piste, où se tenait un concours de descente de bières. Angélique était un peu saoule, après avoir bu un certain nombre de gobelets de mauvais rosé, autant pour se rafraîchir que pour se donner une contenance dans les moments de silence remplis de la musique désuète que crachaient en grésillant les haut-parleurs accrochés dans les arbres au-dessus d'eux. Elle se souviendrait plus tard qu'ils avaient dansé, maladroitement, et qu'elle avait pris plaisir à parler avec lui, une fois la gêne du début de la soirée dissipée. Quand les filles commencèrent à fatiguer, il proposa de les raccompagner.

Étienne portait dans ses bras la plus jeune, qui s'était endormie, et en traversant le parking Angélique se dit qu'ils ressemblaient presque à une famille. Qu'il était gentil. Que son seul défaut était qu'il vivait ici. Qu'elle pourrait faire avec, parce que, vraiment, il était si gentil… Ses talons claquaient un peu trop fort sur le bitume, et elle se sentit nerveuse, à nouveau, dans cette pseudo-intimité tardive, malgré la présence de ses enfants. Elle se serait bien passée de ces premiers instants gênants. Elle n'était plus une adolescente. La peau de son ventre distendu par deux grossesses rapprochées en témoignerait lorsqu'il voudrait s'en approcher d'un peu plus près. Sa voiture sentait la bête et le désinfectant. Il lui sourit d'un air victorieux après avoir réussi à boucler la ceinture du siège auto sans réveiller sa jeune occupante. Oui, vraiment, elle se dit qu'il était trop gentil pour le laisser passer, parce que, à présent, c'était à peu près tout ce qu'elle demandait à un homme, et qu'elle n'avait pas la force d'affronter la vie toute seule.

Cette nuit-là, ils la passèrent dans son appartement, au-dessus de la clinique, après avoir couché les filles dans la chambre d'amis. Au petit matin, Angélique fut réveillée par les aboiements des Airedale terriers qui réclamaient leur pitance. Elle eut un sourire désabusé. Décidément, partout où elle allait, il fallait toujours qu'il y ait des chiens.

21

Il faudrait que quelqu'un d'autre
se charge d'aller nourrir les chiens
ce soir-là.

Francis était au volant. Il s'obstinait à conduire, même s'il n'y voyait vraiment que d'un œil, et encore, la vision que cet œil lui procurait s'était embrumée avec l'arrivée d'un nuage de cataracte qui rendait laiteux le marron de son iris. Sans parler de sa hanche malade. Mais il ne lui serait jamais venu à l'esprit, ni à celui de Geneviève, assise à ses côtés, d'envisager qu'elle utilise sa propre faculté de conduire en sa présence. Si elle l'accompagnait, c'était uniquement parce qu'il avait besoin d'elle pour charger les croquettes. Il y avait cette grosse promotion, chez France Rurale. Bien loin de chez eux, certes, mais tellement moins cher que chez le véto, où Francis se fournissait maintenant qu'il n'avait plus besoin d'acheter les aliments en gros…

Et impossible d'y envoyer Angélique, qui s'était toquée de lui, depuis quelque temps : elle n'aurait pas apprécié cette infidélité à Étienne. Mais même avec les prix qu'il lui faisait, il ne s'embêtait pas, le véto. Cela mis à part, Geneviève et Francis ne pouvaient s'empêcher de trouver de nombreux avantages au rapprochement de ces deux-là.

Bref, ils avaient joyeusement dévalisé le stock de l'animalerie, et rentraient à la maison au crépuscule, heure qui ne convient ni aux mélancoliques ni aux malvoyants. La 4L chargée à bloc tanguait un peu sur la langue de goudron qui coupait la forêt en deux, si étroite qu'elle s'apparentait davantage à un chemin, coincée entre ses bas-côtés herbeux. Cet itinéraire étant peu fréquenté, il n'était pas rare qu'un chevreuil traverse soudain, ou qu'un lapin affolé se mette à danser devant les phares le temps de décider dans quel fourré il serait plus judicieux de se jeter. Francis, qui le savait, roulait lentement malgré sa hâte de rentrer, de se retrancher dans sa maison. Plus il prenait de l'âge, plus il lui était difficile de retourner à la civilisation. Et puis, il ne voulait pas admettre qu'il n'y voyait plus rien. Il n'était pas si vieux que ça. Si tout s'était déroulé normalement, il aurait pu se mettre à la retraite jeune, puisqu'il avait commencé à travailler très tôt. Il en aurait profité pour prendre des responsabilités dans l'association de chasseurs auprès de laquelle il cotisait depuis qu'il était en âge de tenir un fusil, et il aurait passé ses dernières années entre les parties de chasse et les mois d'attente, à s'occuper des chiens, à pêcher la truite, à aller aux champignons. Sa retraite, il avait bien été contraint de la prendre. Mais la chasse, il lui avait dit adieu lorsqu'il avait perdu l'usage de son œil. Dans ces conditions, il n'avait pas eu envie de continuer à s'investir dans l'association. Pour ce qui était des chiens, il se contentait de s'occuper des derniers qui finiraient leur vie chez lui, et avait même dû solliciter l'aide du Chat, déchéance dont il ne se remettait pas. Quant à marcher dans les bois ou à remonter les rivières, sa hanche ne le lui permettait plus et il avait trop peur de se faire opérer, ce qu'il refusait par ailleurs de reconnaître. Il continuait bien à pêcher un peu la carpe ; l'étang était proche de la maison et il pouvait rester assis dans son fauteuil de camping, à partager un cubi de rosé avec un collègue ou un autre, quand ils trouvaient le temps. Seul, le plus souvent. Et puis ce n'était pas sa pêche préférée. Sa vie s'était étriquée depuis l'accident, mais il ne se posait pas vraiment de questions, il continuait à la vivre telle qu'elle se présentait à lui. Il n'aurait pas su quoi répondre si on lui avait demandé s'il était malheureux. C'était ainsi, c'est tout.

Ils roulaient en silence, et n'auraient jamais pensé à allumer la radio. Même Geneviève se taisait, à présent. La seule musique venait du tremblement volubile du moteur de leur vieille voiture. Bientôt, ils furent rejoints par un pick-up, dont les phares grossirent un peu trop rapidement dans le rétroviseur. Francis se serra sur sa droite, car il savait qu'il n'allait pas vite et que les lumières des autres véhicules le gênaient pour conduire. Le pick-up ne le dépassa pas, le chemin était tortueux et trop étroit, mais le va-et-vient qu'il se mit à faire pour que le vieil homme comprenne qu'il ne roulait pas à la vitesse adéquate le rendit nerveux. Il se serra encore davantage contre le talus. Les appels de phares incessants qui l'éblouissaient finirent par attirer l'attention de Geneviève.

— Mais qu'est-ce qu'il a, celui-là ?

Elle se retourna et fit des signes au conducteur pour lui demander de ralentir. Au bénéfice d'un bout de ligne droite, il commença à les dépasser en leur adressant de grands gestes furieux.

Geneviève était hors d'elle.

— Mais regarde ta route, ducon !

— L'énerve pas, c'est bon. Laisse-le s'en aller.

Francis plissait les yeux, la tête penchée vers le pare-brise sale et graisseux. La lumière des phares le faisait miroiter, le gênant encore davantage dans sa conduite laborieuse. Soucieuse, Geneviève obtempéra et se rencogna dans son siège. C'est alors qu'une deuxième camionnette arriva à leur hauteur. Ses phares illuminèrent l'habitacle de la voiture et Geneviève aperçut le métal du canon d'un fusil sur le siège passager.

— C'est un chasseur. Oh mon Dieu, c'est une chasse en voiture ! Mais on est hors saison !

— V'là autre chose, bougonna Francis.

Le premier véhicule s'était rangé devant eux. Le second les suivait de près. Dans le fossé, sur leur droite, ils aperçurent un animal qui courait le long du talus. Ses courtes jambes disparaissaient dans l'herbe, mais la bête traquée déployait une force herculéenne pour se sortir de l'embuscade.

— C'est un sanglier !

Le gros animal avançait au rythme du cortège. La 4L de Francis le cachait, le protégeant momentanément des deux voitures dont les chauffeurs se mirent à klaxonner avec vigueur. Sans elle, ils auraient pu faire feu. Geneviève se retourna, observant leur poursuivant par la lunette arrière. Il était au téléphone. Aux gestes qu'il faisait par sa vitre ouverte, elle comprit qu'il communiquait avec la voiture de devant.

— Ils vont nous faire aller au fossé, ces cons ! tonna Francis, les mâchoires crispées.

Le premier coup de feu les prit par surprise et Francis sursauta, donnant un grand coup de volant sur la droite. La 4L fit une embardée. Il tenta de la remettre dans l'axe de la route, mais elle avait mordu l'accotement de ses vieux pneus trop lisses et, au lieu de se redresser, elle bascula sur le côté. Geneviève poussa un hurlement. Le sanglier s'enfonça dans les sous-bois, juste avant que la 4L ne vienne s'encastrer dans le talus.

Geneviève rouvrit les yeux avec difficulté, essayant de comprendre ce qui se passait. Elle avait l'impression d'avoir loupé une étape. Ses lunettes étaient de travers et sa vue brouillée. Elle voulut tendre la main pour les remettre correctement, mais elle était coincée. Elle vit que le moteur avait atterri sur ses jambes, propulsé dans l'habitacle quand la voiture avait cogné contre le bas-côté de la route ; il immobilisait son bras droit. Dans la lumière des phares des voitures qui s'étaient arrêtées quelques mètres plus loin, elle chercha Francis du regard pour lui demander de l'aide. Puis elle localisa le corps de son mari, écrasé entre le tableau de bord et son siège. La cage des chiens, projetée vers l'avant sous la violence du choc, avait broyé sa lourde carcasse. L'une des tiges métalliques lui avait transpercé la cage thoracique. Un long filet de mousse rouge coulait dans sa barbe. De sa main gauche, seul membre qu'elle pouvait encore mobiliser, elle parvint à saisir les gros doigts de son homme, toujours crispés sur le levier de vitesse, entre eux deux. Elle les serra avec le peu de forces qui lui restaient. Avant de sombrer dans l'inconscience, elle se dit qu'il faudrait que quelqu'un d'autre se charge d'aller nourrir les chiens ce soir-là.

22

Jusqu'à ce qu'il puisse
de nouveau faire face à la solitude
sans la confondre avec l'esseulement.

C'est Angélique qui l'appela pour lui annoncer la nouvelle. Si Roman ne la considérait pas tout à fait comme sa sœur, ils avaient cette relation particulière qui faisait d'eux les membres d'une même famille. Ils n'avaient jamais perdu contact, même si leurs liens s'étaient parfois distendus, lorsqu'il était au centre de détention, ou quand elle s'était mariée et qu'il faisait son apprentissage de menuiserie. Il était venu rencontrer chacune de ses filles à leur naissance, et elle s'était rapprochée de lui après son divorce. Parfois, il lui arrivait de faire du baby-sitting pour elle. Les petites adoraient sa maison de menuisier.

Francis avait tout de suite accepté de lui céder le terrain sur lequel rouillait le mobil-home abandonné depuis tant d'années. Il l'avait même aidé dans ses démarches pour déposer un dossier afin de le rendre constructible. Roman n'avait pas le droit à l'erreur, il lui fallait respecter les règles de la société dans laquelle il avait finalement accepté de s'intégrer. La semaine il travaillait, d'abord pour son ancien maître d'apprentissage, et depuis peu à son compte. Ses samedis et dimanches, il les passait à construire sa maison. Au début il avait squatté la vieille caravane de chasse, le temps de rendre habitable la coque de bois qu'il bâtissait, planche après planche, pour en faire son foyer. La fatigue le disputait à l'excitation. Il allait pour la première fois avoir un chez-lui, un lieu qui ne ressemblerait qu'à lui et où ne se mêlerait à son odeur que le parfum des essences qu'il aurait choisies. Il avait édifié un salon de bois blond au centre de la petite bâtisse, dans lequel il avait niché de larges banquettes et un poêle en fonte que Francis lui avait récupéré chez une de ses nombreuses connaissances ; en échange, il lui avait coupé un peu de bois de chauffage, en profitant pour éclaircir les lieux. Le salon était la base de la maison. Le terrain montait en pente douce à l'arrière, et Roman s'était servi de cette inclinaison naturelle, construisant une volée de marches pour accéder à l'espace salle à manger, où une grande table de ferme lui servait également de bureau, et où de larges baies vitrées baignées par la lumière du jour s'ouvraient sur une terrasse encore en construction. Il avait installé une cuisine sous l'escalier qui montait à l'étage, sur la gauche de la salle à manger, première pièce accessible depuis l'entrée de la clairière dont il avait sacrifié quelques arbres supplémentaires afin d'y cultiver un jardin de fleurs, né de bulbes que Geneviève avait sélectionnés pour lui, et y planter des arbres fruitiers, promesse d'ombre fraîche dans les années à venir. Il avait adossé à la maison un appentis qui abritait son établi. À l'étage, il avait installé sa chambre. Pour l'instant cette seule pièce, avec salle de bains attenante, occupait tout l'espace. Mais il avait prévu de le structurer au fil des ans. Il lui semblait avoir devant lui un temps infini.

Sa vie se déroulait ainsi, rythmée par le travail, la solitude choisie, avec, en arrière-plan, la présence paisible et nécessaire de la famille qui l'avait élevé, mais également, de loin en loin, celle de sa mère et de son petit frère qui avaient construit leur vie ailleurs, tant bien que mal. La colère s'était estompée, avec l'acceptation de ce qu'il ne pourrait jamais maîtriser ni changer. Il ne pensait pas que le centre de détention était une solution pour les jeunes comme lui. S'il avait cédé à la facilité, il en serait sorti avec juste ce qu'il fallait de carnet d'adresses pour passer au stade supérieur de la délinquance. C'est encore Francis qui l'avait aidé en lui trouvant un apprentissage chez une autre de ses relations. C'est auprès de lui qu'il avait appris à faire face à ses défaillances en travaillant avec obstination pour atteindre l'objectif qu'il s'était fixé. Il avait rencontré Sonia, et avait pensé qu'elle resterait. Rapidement, cette vie austère l'avait lassée. Mais lui ne pouvait en envisager aucune autre. Alors ils s'étaient quittés, sans fracas. Francis n'avait rien dit, lorsqu'il l'avait appris. Mais il était venu vider le réfrigérateur et les placards de tout l'alcool qu'il y avait trouvé. Il avait écouté le jeune homme se reprocher l'échec de toutes ses relations amoureuses depuis la toute première, celle qu'il n'arrivait pas à oublier parce qu'elle s'était terminée trop abruptement, et parce qu'il n'avait jamais pu lui montrer qu'il avait bien tourné, contre toute attente, qu'il avait tenu la promesse qu'il lui avait faite. Il était convaincu que c'était la seule raison pour laquelle il y pensait encore, alors que tant d'années s'étaient écoulées. Francis n'avait toujours rien dit, mais il lui avait passé commande d'un coffre à bois pour l'hiver. Roman avait consacré de nombreuses soirées à son ouvrage, jusqu'à ce qu'il puisse de nouveau faire face à la solitude sans la confondre avec l'esseulement.

Il se trouvait dans son atelier quand il reçut l'appel d'Angélique. Elle lui apprit que Francis était mort sur le coup. Que Geneviève n'avait pas survécu à son arrivée aux urgences, et l'avait rejoint quelques heures plus tard sans jamais reprendre conscience.

Un relent de violence le submergea, l'envie d'arracher les planches de son établi, d'attraper tous les outils qu'il avait patiemment fixés au mur, chaque chose à sa place, et de fracasser une à une les vitres des fenêtres qu'il avait posées et isolées avec soin. Mais c'était son œuvre, il connaissait le coût du travail, l'investissement que ça représentait. Alors il se contenta de se blottir dans le coin où il savait que même par la fenêtre on ne pouvait pas le voir, et s'alluma une clope. Il fondit en larmes, attendant de se ressaisir avant d'aller rejoindre Angélique. Il devait l'aider à tout organiser, à s'occuper des filles, à jongler avec les propositions d'aide plus ou moins bienveillantes des voisins et amis de leurs parents. Il ne savait pas si elle voudrait garder les chiens. Dans le cas contraire, il allait falloir trouver quelqu'un à qui les confier. Heureusement qu'il n'en restait que trois. Il faudrait éviter de les laisser au Chat. Le docteur Hubert pourrait peut-être les aider à trouver une solution auprès de l'association des chasseurs. Il se leva, écrasa son mégot dans le cendrier coquillage que lui avait offert Geneviève. On avait besoin de lui, le chagrin attendrait.

23

On se souvient toujours
moins de celle qui a rempli l'écuelle
que de celui avec qui on l'a partagée.

Atalante aussi apprit la nouvelle au téléphone, par son père. Il ne l'appelait pas souvent ; elle échangeait davantage avec sa mère, et encore, de manière très sporadique. Elle savait que s'il l'appelait, lui, c'était grave. La séparation de ses parents avait distendu leurs liens. Elle n'aurait jamais pensé, à l'époque, que leur couple allait si mal. Eux qui faisaient rarement des projets l'un sans l'autre, avaient une vie sociale si remplie et si peu de temps à lui accorder... Elle avait toujours eu l'impression d'être le membre de trop dans leur foyer, et elle se rendit compte, alors, que sa présence était l'unique lien entre cet homme et cette femme qui multipliaient les voyages de groupes et les sorties entre amis pour ne pas admettre qu'ils redoutaient de se retrouver seuls, car ils n'avaient plus rien à se dire. Ce qui soude un couple, au départ, cette envie de passer du temps ensemble, au-delà de tout projet de construire une vie commune, avait disparu. La perspective de se retrouver face à face alors que leur fille préparait son départ pour la fac les horrifia. Ils en firent l'amer constat, et prirent la décision de divorcer avant d'en venir à oublier jusqu'à la tendresse qui pouvait encore subsister entre eux. Atalante, avec qui ils n'avaient jamais vraiment parlé, apprit la nouvelle dans toute sa brutalité. Mais ce qui lui avait d'abord paru être une tragédie avait finalement eu ses bons côtés. Préoccupés par leurs problèmes personnels, ses parents lui avaient lâché la bride. Elle en avait profité pour prendre le large, partant faire ses études à Lyon, la grande ville la plus proche. Elle n'en était plus jamais repartie.

Enfin seule, elle avait pu faire ses propres choix, commettre ses propres erreurs. À commencer par celle de cesser de prendre des nouvelles de Geneviève et Francis. Le temps passait vite, à Lyon, et elle était très occupée par sa vie d'étudiante. Quand ils avaient commencé à lui manquer, elle avait eu trop honte de son égoïsme et n'avait pas eu le courage de les rappeler. Et puis elle avait peur de l'état dans lequel elle aurait pu les retrouver, maintenant que les enfants étaient partis, et qu'il ne restait presque plus de chiens auprès d'eux. Elle crut qu'elle avait laissé derrière elle ce pan de sa vie, définitivement clos lorsqu'elle finit par perdre contact avec Angélique, quand celle-ci suivit son mari dans une caserne militaire du Nord.

Quant à Roman... Ils s'étaient écrit, beaucoup, les premiers temps. Puis ce lien-là aussi s'était distendu. Jusqu'à la dernière lettre qu'il lui avait envoyée. Il lui écrivait que son psychologue lui avait conseillé de prendre ses distances avec les personnes qu'il fréquentait au moment où il allait mal, et elle en faisait partie. Il lui présentait ses excuses, mais il fallait qu'il essaie. Il devait se prouver qu'il pouvait s'en sortir seul, lui promettait qu'un jour il irait mieux, et qu'il la recontacterait, alors, pour le lui dire. Elle aurait pu lui répondre qu'elle comprenait, et qu'elle attendrait sa lettre. Elle n'en fit rien. Elle était triste, bien sûr, vexée, surtout, qu'il la chasse de sa vie avec tant de facilité. Mais au fond, elle était un peu soulagée, aussi, sans l'admettre. Il lui arrivait de faire des rencontres, et de s'imaginer ce que pourrait être une relation sans drame. Peut-être avait-il pris la bonne décision pour eux deux. Il ne lui écrivit jamais pour lui dire s'il avait tenu sa promesse. Peut-être n'était-ce qu'un prétexte. Une fois la peine et la colère estompées, elle se sentit libre. Et à son tour elle décida d'oublier.

Pourtant, au fil des ans, elle constata qu'elle n'avait pas complètement effacé cette période de son existence. Au cours d'un stage, durant sa licence de droit, elle avait travaillé au sein d'un service pénitentiaire d'insertion et de probation. De fil en aiguille, elle s'était rapprochée des services du greffe du juge des enfants, et avait noué des liens avec certaines personnes en charge du suivi des mesures d'assistance éducative. Renseignements pris, elle avait fait le choix de se réorienter, et bifurqué vers une formation d'assistante sociale. Elle savait, de source sûre, que l'on avait besoin de monde dans cette branche. Elle était dévouée à son travail. Elle était à sa place. Elle se sentait utile, satisfaite de rentrer chez elle épuisée le soir. Le revers de la médaille, c'était le manque de vie sociale, de disponibilité pour ses proches. Tant pis. Son compagnon, Paul, un greffier qu'elle fréquentait depuis plusieurs mois, le lui reprochait bien assez. Il risquait de ne pas faire long feu.

Son père lui avait laissé un message. Un peu inquiète, elle le rappela aussitôt sa journée finie. Il lui fit part de la nouvelle de l'accident et du décès de Geneviève et Francis, qu'elle s'était promis de retourner voir, un jour, bientôt, quand elle aurait le temps. Les jambes coupées, elle s'effondra dans le fauteuil qu'elle avait chiné avec soin, pour l'installer dans l'angle le plus avantageux de l'élégante bibliothèque en bois blanc où elle avait aménagé son coin salon, et dont elle profitait à peine.

Une fois la nouvelle délivrée, son père ne chercha pas à savoir comment elle allait, ni si elle ressentait le besoin de parler. Il raccrocha, et elle se retrouva seule face à l'avalanche de souvenirs qui lui tombaient dessus comme ces draps qu'on stocke un peu trop haut dans une armoire, sans prendre garde à les plier correctement, et qui s'effondrent d'un bloc lorsqu'on essaie délicatement de saisir celui du milieu de la pile. Elle se souvint que Geneviève lui avait dit qu'elle ne souhaitait pas être enterrée, parce qu'elle avait peur à l'idée d'être endormie sous la terre, la nuit, parmi tous ces ossements inconnus. Elle la comprenait. Qui aurait pu vouloir cela ? Mais ils seraient serrés l'un contre l'autre, alors ça devrait aller. Elle se demanda ce qu'aurait pensé Francis si on lui avait dit qu'il allait se trouver coincé tout contre Geneviève pour l'éternité. Elle savait qu'au fond, ça lui aurait plu, même s'il aurait préféré vendre la 4L que de l'avouer. Cette pauvre vieille 4L, il ne devait plus en rester que quelques débris blancs et bleus éparpillés dans les fougères, sur le bord de la route… Recroquevillée dans son joli fauteuil, Atalante se complut toute la soirée dans un chagrin qui relevait autant de la perte de ses deux vieux amis que d'une nostalgie douce-amère dont elle n'aurait jamais imaginé la puissance.

Il lui sembla inconcevable de ne pas être là pour leur dire adieu, avec tous les autres. Avec Roman, peut-être ? Qu'elle espère ou qu'elle redoute ces retrouvailles, elle devait être présente. Elle avait trop attendu pour prendre des nouvelles de Geneviève et Francis, et maintenant il était trop tard. Il fallait au moins qu'elle voie Angélique, qu'elle lui dise qu'elle regrettait. Elle allait s'organiser pour poser quelques jours, même si c'était toujours compliqué. Paul ne comprendrait pas pourquoi elle ferait l'effort de se rendre à ces obsèques de personnes perdues de vue depuis des lustres, alors qu'elle ne sacrifiait jamais son temps de travail pour lui, mais, de toute façon, il ne la comprenait jamais tout à fait.

Lorsque le taxi qu'elle avait pris à sa sortie de la gare la déposa sur la place de l'église, elle le reconnut tout de suite, à sa démarche claudicante. Grégory, le même en plus grand, en plus gros, veste de similicuir noire trop longue – choix incongru dans la chaleur persistante de cette fin d'été, et d'ailleurs il n'était que moiteur et goutte-à-goutte – et pantalon informe qui faisait des plis au niveau des genoux et des chevilles, tire-bouchonnant sur ses chaussures de ville fatiguées. Il se passait nerveusement la main gauche dans les cheveux dans l'espoir de les discipliner, essuyant au passage la sueur qui lui dégringolait sur le front et embuait ses lunettes. De la main droite, il était amarré au bras de celle qu'il lui présenta comme sa femme, une personne frêle avec une queue de cheval blond filasse.

— On a quatre enfants déjà, tu sais, articula-t-il avec autant de soin que de fierté, pour bien se faire comprendre.

Atalante ne sut pas trop si elle devait l'en féliciter, et préféra lui demander des nouvelles de son frère. Elle apprit que Nelson et lui étaient revenus vivre dans le coin. Alors que lui avait trouvé un poste aménagé à son handicap à l'usine de mise en bouteilles de l'eau locale, Nelson avait suivi la carrière de Francis, et intégré la troupe convoitée d'employés municipaux d'une commune limitrophe. Grégory le lui montra du doigt. Son frère se tenait à l'écart du lieu de culte, avec quelques collègues qui, comme lui, refuseraient d'y entrer. Ils attendraient le cortège à la sortie de l'office, attablés en terrasse au Café de Marcelle, qui avait conservé le nom de son ancienne gérante, bien que cette dernière soit repartie mourir dans son Périgord natal plusieurs années auparavant.

Atalante alla saluer le grand jeune homme blond, sec et bronzé qu'était devenu Nelson. Il n'était que poil dru, de ses cheveux taillés en brosse à sa barbe légère, en passant par les rares poils raides qui pointaient dans l'échancrure de la chemise trop neuve qu'il avait passée pour l'occasion. Il semblait très ému, et eut un sourire crispé lorsqu'elle l'enlaça. Il sentait l'huile de moteur. Secoué de tics nerveux, supportant mal l'immobilité forcée liée à la solennité du moment, il pompait sa cigarette goulûment. Elle le quitta pour aller embrasser Angélique, lui proposant tout de même de le retrouver plus tard et de faire trajet commun avec la famille de son frère dans le cortège. Elle savait que lui non plus n'entrerait pas dans l'église. La plupart des hommes resteraient à l'extérieur, comme c'était la coutume ici. Le bâtiment était petit et, dans ce genre d'occasion, où tout le village connaissait ceux qu'on enterrait, il n'y avait pas assez de place pour tout le monde. Ce clivage subsistait entre les femmes, qui assistaient à la messe, et les hommes, qui attendaient dehors pour suivre le cortège jusqu'au cimetière, se contentant d'y écouter les dernières paroles du prêtre et de s'incliner devant les cercueils couchés dans la terre ouverte – pas par Francis, cette fois, songea Atalante, et elle se demanda à quel employé municipal on aurait confié la tâche de creuser la tombe, aujourd'hui.

Angélique se tenait debout sur le parvis de l'église où elle s'était mariée des années plus tôt, luisante sous un soleil brutal, ses mains agrippées à celles des deux petites filles blondes aux yeux rougis à ses côtés. Elle vacilla lorsqu'elle aperçut Atalante dans la foule massive des voisins et amis qui commençait à gonfler autour de l'entrée, la serra longuement dans ses bras. La scène souleva des chuchotements de compréhension parmi les voisins qui dévisageaient chaque arrivant avec avidité, cochant la liste des présents et des absents à mesure que l'heure de l'office approchait. Les deux corbillards eurent bien du mal à se frayer un passage dans cette foule massée jusque sur la route – aucune voiture ne risquait de traverser le village ce jour-là, tous les habitants participaient aux obsèques, depuis le maire jusqu'au dernier enfant de l'école en âge d'y assister.

Dans l'église, Atalante se mit sur le côté, non loin d'Angélique. Elle prit note de la présence du docteur Hubert, qui lui adressa un sourire de reconnaissance. Savourant la fraîcheur du lieu, elle s'adossa à une colonne de pierre grise dont elle avait oublié l'austérité, collant un instant sa joue contre la paroi froide, humide et râpeuse. Sa place lui permettait de scruter habilement l'assemblée dans l'espoir d'y reconnaître… Passons.

La cérémonie fut longue, ponctuée d'hommages des amis chasseurs de Francis qui avaient bien voulu entrer dans l'église. Agrippés à leurs casquettes de grand-père qu'ils trituraient avec gêne, révélant l'état d'avancement de leurs calvities respectives, ils ressuscitèrent dans le micro crachotant leurs parties de pêche et de chasse, de combats contre le feu et de gueuletons dont, par respect pour le vieux prêtre de la paroisse, ils prirent soin de censurer les épisodes les plus imbibés d'alcool. Puis Angélique se leva d'un pas chancelant et ajouta à leurs témoignages une déclaration d'amour maladroite et touchante à sa mère, que la présence de Francis dans la mémoire de tous avait un peu laissée de côté, car on se souvient toujours moins de celle qui remplissait l'écuelle que de celui avec qui on la partageait. La messe s'acheva par un long défilé devant les cercueils au son des notes du *Chasseur* de Michel Delpech, meilleur choix possible pour Francis. Quant à Geneviève, qu'aurait-elle voulu ? Qui l'aurait su ?

Atalante commençait à avoir froid. En sortant de l'église, elle accueillit avec soulagement la chaleur du soleil sur ses bras pâles mis en valeur par sa robe bleu marine toute simple. Ses sandales à talons lui cisaillaient les orteils, et elle jeta un coup d'œil envieux à Nelson, attablé devant une bière à la terrasse de l'autre côté de la place, sous un parasol rouge qui lui donnait bonne mine. Roman, assis à ses côtés, ne la vit pas tout de suite. Elle eut le temps de se donner une contenance avant d'aller à sa rencontre. Elle voulait qu'il soit fier d'elle, elle voulait lui montrer un aperçu du chemin qu'elle avait parcouru, qu'il la trouve sûre d'elle, et peut-être belle, aussi, un peu. De loin, elle lui découvrit une assurance nouvelle, le corps non plus recroquevillé sur sa rancœur et son mal-être, mais au contraire droit, souple, son visage dégagé, avec ses cheveux qui ne tentaient plus de masquer une cicatrice moins imposante sur son visage d'adulte qu'elle ne l'avait été sur ses traits fins d'enfant. Ses yeux l'accrochèrent, et, après une pause, il lui fit signe avec une aisance tranquille. Elle s'approcha, les jambes molles, priant pour ne pas se prendre les talons dans les crevasses du goudron amolli par le feu de l'été.

— Bonjour, Roman.

Il lui sourit.

— Salut, Talou.

Il se leva, l'étreignit brièvement, déposant un baiser dans ses cheveux. Elle lui sut gré de ne pas lui avoir fait la bise.

— C'est bien, que tu sois venue.

— J'ai appris la nouvelle par mon père. Et toi ? Comment tu l'as su ? Tu es resté en contact avec eux ?

— T'es pas au courant ? Tu aurais pu prendre des nouvelles, quand même !

Nelson les avait interrompus pour rompre son ennui. Il avait toujours trop d'énergie pour supporter la moindre attente. D'ailleurs, il se leva pour faire quelques pas autour de la table, en plaquant un rythme nerveux sur sa cuisse de ses doigts maigres. Il finit par s'allumer une nouvelle cigarette.

— Francis m'a vendu le terrain du mobil-home, expliqua Roman. J'ai construit ma maison là-bas…

Atalante le pressa de questions, et il finit par lui retracer son parcours à la sortie du centre, le pardon de Geneviève, la présence indéfectible de Francis à ses côtés qui l'avait aidé à reprendre le cours de sa vie. Il l'invita timidement à venir voir les travaux de ses yeux après l'enterrement, mais ne put empêcher Nelson de se mêler à nouveau de leur conversation et de lui dévoiler les photos qu'il gardait sur son téléphone. Elle trouva la maison simple et belle, une sorte de cabane en bois clair pleine de fenêtres. Elle reconnut à peine la clairière joliment boisée et fleurie. Enthousiaste, elle arracha le téléphone des mains de Nelson qui lui sourit crânement. On aurait cru qu'il s'agissait de son œuvre.

— C'est toi qui as construit ça ?

Roman acquiesça en détournant le regard, gêné. Il faillit avoir le réflexe de cacher sa cicatrice en tirant dessus sa mèche de cheveux, mais s'interrompit à mi-parcours, reposa sa main sur la table. Elle eut le temps de voir qu'elle était devenue rêche et calleuse.

— Roman, c'est incroyable !

— C'est loin d'être fini, tu sais.

— Francis devait être tellement fier !

Il ébaucha un sourire.

— Bon, va falloir y aller. Tout le monde est sorti.

Nelson écrasa son mégot sur le goudron sans prendre la peine de le ramasser. Il alla payer les bières en vitesse avant de les rejoindre en tête du cortège, juste derrière Angélique et ses filles. Il se plaça à côté de son frère, pour pouvoir le soutenir au besoin. Le cimetière n'était pas loin, mais Grégory n'avait jamais pu parcourir de trop longues distances. Derrière eux se massèrent tous ceux qui souhaitaient accompagner le couple sur les quelque deux cents mètres qui les mèneraient à la muraille grise et terne du cimetière très laid de la commune. Le cortège se mit en branle à la suite des deux corbillards qui roulaient au pas.

Atalante se tenait à côté de Roman. Son grand amour d'enfance. Comme elle l'avait aimé ! Comme elle avait été en colère contre lui ! Elle était partie, et très peu revenue. Que faisait-elle là aujourd'hui ? Elle n'aurait su le dire. Ce qu'elle savait, c'est que les deux cercueils bien sagement alignés devant le trou béant à ses pieds contenaient deux des personnes qui avaient le plus contribué à faire d'elle ce qu'elle était devenue, avec des méthodes certes loin d'être conventionnelles, avec maladresse, mais jamais sans amour. Elle saisit la main de Roman, qui la serra très fort. Les larmes débordèrent de ses yeux en silence. Elle les laissa couler sans pudeur. Roman l'attira contre lui, et enfouit dans ses cheveux ses propres larmes. Grégory, à la droite d'Atalante, sanglotait tel un grand enfant dans ses vêtements trop larges, et Nelson lui agrippait le bras, luttant bravement contre son chagrin en clignant furieusement des yeux pour ne pas perdre la face devant les collègues massés contre le mur du fond du cimetière.

Alignés devant les corps de ceux qui les avaient élevés, ils pleuraient tous, ces enfants qui avaient grandi tant bien que mal, forts de leur tendresse maladroite, de leurs leçons de vie particulières, de leurs principes éducatifs bancals comme les épaules de Grégory secouées de gros sanglots.

24

Et que vas-tu faire de la maison ?

Plus tard, une fois les voisins rentrés chez eux, ils s'étaient tous retrouvés à la maison, en famille, attablés devant une toile cirée qu'Atalante ne connaissait pas – un envol d'oies sauvages. Tous les autres étaient revenus ici, en fin de compte. Elle seule n'avait pas revu Geneviève et Francis, vaguement informée de leur décrépitude par son père, qui vivait toujours au village et croisait parfois Geneviève à l'épicerie ou dans la queue devant le camion du boulanger. Sa mère avait préféré prendre un appartement en ville, de l'autre côté du Bois Randenais. Comme ses parents se côtoyaient encore en société, par le biais de leurs amis communs, elle continuait à les voir ensemble, surtout chez sa mère. C'était plus pratique, la gare n'était pas loin. Elle n'était presque jamais revenue au village jusqu'à aujourd'hui. Elle avait honte de sa négligence, se sentait illégitime à ressentir ce chagrin d'une ampleur qui la stupéfiait. Ce sentiment de décalage s'estompa à mesure qu'ils remontèrent le fil de leurs souvenirs, s'amusant de leurs têtes sur les photographies du buffet qui n'avaient pas bougé depuis leur départ, et auxquelles s'étaient seulement ajoutées celles de leurs propres enfants, pour ceux qui en avaient. La boucle des allées et venues des gamins s'était rompue avec eux. Ils étaient les derniers.

— Et que vas-tu faire de la maison ? finit-elle par demander à Angélique.

— Je vais la vendre.

Personne ne trouva quoi que ce soit à y redire. C'était la solution la plus sensée. Il n'était même pas sûr qu'elle parvienne à la céder rapidement, vu son état de délabrement. Aux murs, le papier peint était jauni par le tabac, détruit par les chiennes au niveau des plinthes. Le parquet ancien avait été ravagé par leurs griffes et le manque de soin général. L'électricité n'était pas aux normes, et toute la plomberie était à refaire. Quant au jardin, il avait été détourné de sa fonction première au profit de la solution pratique qu'il représentait pour y installer les hébergements canins. Il aurait fallu tout brûler, retourner la terre comme un gant pour la débarrasser des miasmes qui s'y étaient accumulés et la faire respirer. Quelqu'un d'autre s'en chargerait. Tout disparaîtrait. Le pire comme le meilleur. Que resterait-il de Geneviève et Francis ? Finalement, les leçons de vie qu'ils avaient dispensées ici avaient aidé à faire de leurs gamins des adultes à peu près fonctionnels. Ils s'étaient égaillés depuis longtemps, vaille que vaille, sur le grand terrain de chasse de la vie. Ils étaient un peu boiteux, chacun à leur manière, mais tous, forts de chaque partie de pêche, de chaque cueillette de champignons, de chaque promenade en forêt, avaient pris racine à peu près sainement. Plus aucun enfant ne bénéficierait de cet enseignement et, au fond, c'était sans doute une bonne chose. Le fait qu'ils n'aient pas trop mal tourné constituait un miracle qui n'aurait peut-être pas pu se reproduire. S'ils étaient tristes, c'était de savoir qu'ils n'auraient plus nulle part où se réfugier si les choses se gâtaient. Cette fois, ils étaient vraiment lâchés dans la nature, seuls, et devaient apprendre à se débrouiller, à passer le relais. Les deux filles d'Angélique, loin de se douter de ce qui s'était joué ici, farfouillaient parmi les étages de la boîte de gâteaux que Roman leur avait apportée, parce qu'il est universellement connu que les biscuits qui se cachent sous la couche de papier gaufré sont bien meilleurs que ceux qui s'offrent à la vue de tous sur l'étage supérieur. Les grands savaient, de leur côté, qu'ils étaient sans doute réunis ici pour la dernière fois. Ils faisaient durer le plaisir, cherchaient dans leur mémoire les histoires qui déjà s'effaçaient, et dont ils ne conservaient que la douceur.

Quand le café laissa la place à l'apéritif, le docteur Hubert les rejoignit. Il avait fait la tournée de ses patients après la cérémonie, les laissant volontairement entre eux. Angélique vivait presque chez lui, à présent. Le deuil avait précipité des discussions qu'ils n'auraient pas envisagé d'avoir si tôt, et la prise de décisions qui finalement semblèrent aller de soi. Elle avait fait une demande pour reprendre son travail de secrétaire de mairie et envisageait de s'installer définitivement au village. Ils avaient rapatrié les chiens chez lui le temps de trouver une autre solution.

Roman profita de l'arrivée du vétérinaire pour proposer un dernier tour des lieux. Atalante accepta. Elle voulait confronter la réalité à ses souvenirs. Les autres convinrent unanimement qu'ils n'en avaient pas vraiment envie.

Sur la terrasse, ce geste lui revint, de respirer à pleins poumons l'air extérieur, le nez en l'air, les yeux fermés. Ils descendirent en silence les quelques marches qui menaient au jardin. Roman la regarda déambuler entre les carcasses vides des chenils, apaisée, toute peur enfuie. Elle avait retiré ses chaussures à talons, qui la gênaient. Sa main s'attarda sur les portes dévorées par le liseron ; elle les ouvrit en grand. Les chiens qui la terrorisaient avaient disparu.

— J'ai tenu ma promesse, Talou, finit-il par lui dire.

— C'est ce que j'ai vu.

— Ça ne fait pas si longtemps que je peux l'affirmer. Au début, tout était trop fragile, j'avais tout le temps peur d'échouer. Et ensuite, je n'ai pas osé t'écrire, je redoutais ta réaction, après tant d'années. Je ne voulais pas remuer de vieux souvenirs...

— J'ai compris ta décision, tu sais, même si j'étais trop vexée pour te le dire.

Un à un, ils prirent le temps de lever les verrous sur chaque non-dit, d'expliquer ce qu'ils ne pouvaient analyser qu'avec le recul. Puis la conversation se fit plus légère.

Dans la grange, Roman récupéra une vieille paire de bottes un peu trop grandes pour qu'Atalante puisse marcher sans se blesser. Elle les enfila en riant, prenant la pose pour qu'il admire son allure, qu'il valida avec emphase. Ils se remémorèrent la fois où ils étaient allés pêcher avec Francis, et où ses bottes, déjà trop grandes, l'avaient fait culbuter dans les orties. Puis ils ressortirent de la remise et la contournèrent afin de rejoindre le chemin sur lequel ils étaient un jour partis faire de la luge en traînant les pieds, sur lequel ils avaient couru sous la pluie après avoir échangé leur premier baiser, sur lequel ils avaient ramené Francis après l'accident, et sur lequel ils s'étaient séparés, des années auparavant. Ils marchaient côte à côte, sans se regarder. De temps à autre, au hasard d'un balancement machinal, leurs mains s'effleuraient.

Lorsqu'ils arrivèrent à l'étang, elle se tourna vers lui.

— On nage ?

Elle se débarrassa des bottes en les jetant au loin d'un coup de pied, commença à enlever sa robe sans le quitter des yeux.

— Tu ne vas pas me laisser seule ?

Il retira sa chemise, la regarda s'avancer lentement dans l'étang. Sa culotte noire tranchait sur sa peau très blanche. Une fois immergée dans l'eau, elle la lança vers la berge en riant. Le temps qu'il finisse de se déshabiller, elle était partie nager, troublant doucement la surface tranquille et tiède, ses pieds battant dans la fraîcheur des eaux plus profondes. Parvenue au milieu de l'étang, elle escalada les planches du vieux plongeoir vermoulu et s'assit sur le rebord. Voyant qu'il se trouvait toujours sur la berge, elle s'écria :

— Roman, rejoins-moi et je te ferai oublier la fille que je t'ai vu embrasser ici, autrefois.

Il se dit que, si elle avait toujours autant de chance, il faudrait qu'il l'examine en rentrant pour vérifier qu'elle n'avait pas chopé une tique. Puis il se jeta à l'eau.

Remerciements

Je tiens à remercier les membres du jury du prix Jean Anglade, qui ont donné sa chance à mon texte.

Merci à Clarisse Enaudeau, mon éditrice, pour ses conseils et sa gentillesse, ainsi qu'à Françoise Delivet, pour son précieux travail éditorial.

Merci à Frédérique, ma consœur et amie, ma première lectrice, pour son temps, son soutien et ses encouragements.

Merci à Élodie qui, si elle m'a souvent empêchée de lire, m'a fait vivre de belles aventures.

Merci à mes parents, qui m'ont élevée en Auvergne. C'est grâce à eux que je porte toutes ces histoires.

Merci à ma grand-mère, qui m'a offert ma première machine à écrire.

Merci à mes enfants pour leur enthousiasme.

Enfin, et par-dessus tout, merci à Camille pour son amour et son soutien indéfectible dans mon projet d'écriture.

Composition : Facompo, Rouen

Pour plus d'information :

#lisez! engagé
www.lisez.com

Imprimé sur du papier issu de forêts gérées durablement.

Imprimé en France en octobre 2023
par l'Imprimerie Maury S.A.S. à Millau (12)
pour le compte des Éditions Presses de la Cité
92, avenue de France, 75013 Paris

N° d'édition : C20692/02
Dépôt légal : septembre 2023
N° d'impression : I23/73981L